DOLPHIN MAN
海豚男

海豚男の海海人生！
海洋系宅男生活日誌

目次 CONTENTS

海宅男自序 06
好友彎彎推薦序 08
好友貴婦奈奈推薦序 10
好友SANA推薦序 12
好友四小折推薦序 14
魏小猴推薦序 16
海豚男參上！ 18
海豚男宅房大公開 20
海豚男宅物大公開 22
當我們同在一起寫部落格 24
海豚男小王創作史 30
人物登場介紹 36
我的黑暗過去…… 38
老闆，我在上班耶！ 42
老闆不願面對的真相 44

海豚男
Dolphin MAN

DOLPHIN MAN

創作的無限輪迴 46
我的路癡編輯 48
海豚鰭的秘密 50
栗子頭私密習性大爆料 54
男人也會被性騷擾 60
菊花三兄弟 64
就這樣，我黑了半學期…… 68
鼻血事件 74
電玩怪咖二人組 76
栗子頭的身世之謎 82
自助洗衣店 86
阿母的愛心粥有加料 90
得來不易的尿 92
醫院護士一點也不"A"! 98
我的天才阿爸 102
海豚男是愛哭鬼 104
麻辣老師海豚弟 106

相信朋友 108
栗子頭的心機 110
廁所裡不能說的秘密Ⅰ 116
廁所裡不能說的秘密Ⅱ 118
外島當兵的特產 122
差點〃失身〃的那一夜…… 126
千萬別讓海豚男去打水 128
安妮我不是故意的 132
小花的荒島命運…… 136

海豚男恐怖故事大公開 143

你想嚇死還是笑死

海豚男搞什麼鬼！

牆壁那頭的聲音 144
電話線那頭…… 148
鍋爐室的事件 154
颱風夜裡的訪客 160

DOLPHIN MAN

海豚男自序

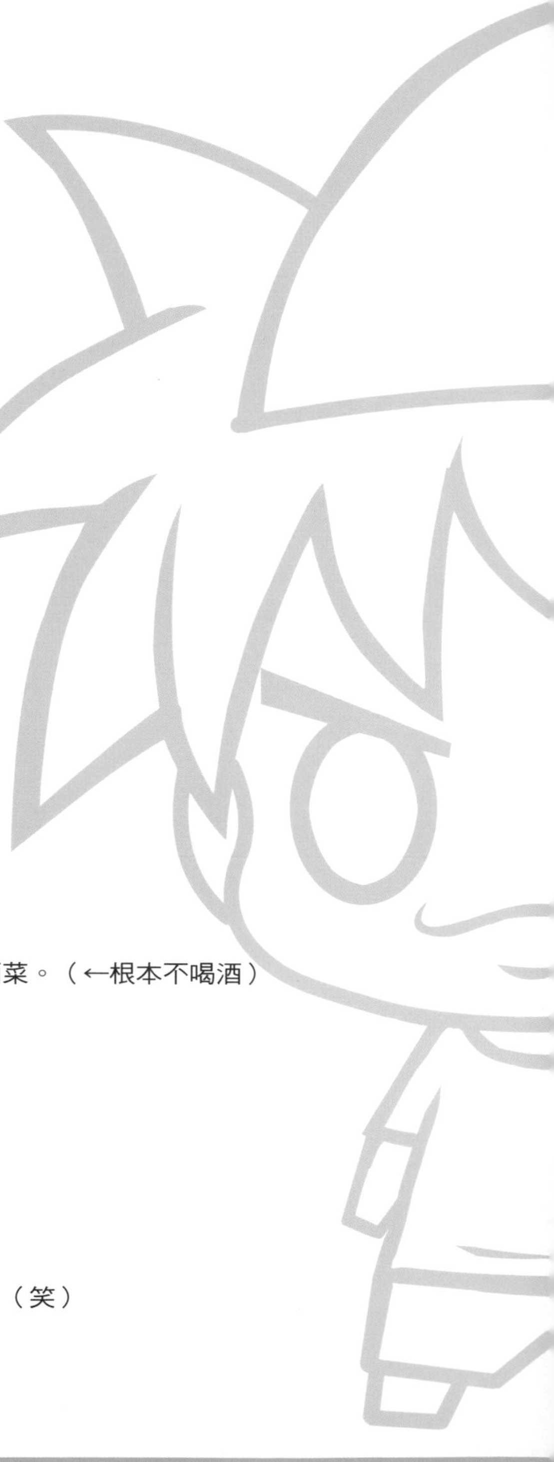

沒錯，
又是一本部落客
從部落格中走出來的實品書。

不管你是從網路上認識海豚男，
還是第一次知道海豚男，

就讓我第一次正式的自我介紹吧！

關於我的部落格，
可以從畫了第一張
王建民Q版MSN圖開始談起。

原本低調自嗨的部落格，
隨著網友把我畫的小王圖流傳出去，
在報章雜誌和電視新聞連續幾天的曝光，
我從沒想過，
「出名」這件事會發生在我自己的身上…

在每天觀賞的人多起來時，
感覺自己有了責任和動力，
不知不覺越畫越多，
部落格的創作變成我的生活重心，
一頭栽進部落格的世界。
對我來說，網路已經和生活密不可分。

看大家對我畫的生活笨事捧場，
還是棒球創作的酸甜苦辣，
每篇回應，都是我日夜工作、趕稿之餘的下酒菜。（←根本不喝酒）

如果說海豚男有部落格創作的恩人的話，
那我想感謝的應該是「2W1S」。

首先，第一個W是WANG－王建民。

因為我想都沒想到，只是支持他、畫他，
卻讓我有機會出名。

其實我一直擔心哪天遇到他本人，
他會怪我把他畫得胖胖的，說我畫得不好看。（笑）

雖然他勝投已經變成的甜蜜的負擔，
因為我部落格的小王勝投圖，
已經是某些網友期待我必畫的定期作業。
但是，拜託小王，你還是要繼續贏下去…

另一個W是WAN WAN，
大家都耳熟能詳的部落格天后－彎彎。
當初把小王圖變為MSN圖，
也是因為彎彎的MSN圖讓我靈機一動；
生活趣事畫成部落格漫畫，
也是因為有她成功的例子，
讓很多愛畫圖的網友，有了「為出頭天的夢想」而努力的動力。

還有S，我的伯樂－編輯Selena。

如果沒有她，這本書我不會作得那麼快樂！
我常看日本漫畫家把自己和編輯相處的情形畫在漫畫裡，
互相吐槽，製造創作之外的笑料，
沒想到，我連這個夢想也成真了。
老天賜給我一個那麼有梗的編輯，
讓我更有題材，和瞭解我作品魅力的一個貴人。

不是我要拍她馬屁，這段也不是她逼我加的。（笑）
真心的感激Selena對我在創作上所有的協助，
我實在是無以為報，
好像把栗子頭當成禮物送給她。（這是懲罰吧？！）
希望我可以把這本書做到最好，來感謝她！

認識好多部落格創作理念相同的朋友，
彎彎、四小折、SANA、輔大猴、貴婦奈奈、
魏小猴主播、熊寶、他踢、曲...等等，志同道和的創作網友們，
我親愛的家人以及支持我的網友們溫暖的鼓勵，
就會覺得寫部落格一點都不孤單。

好，現在來說說畫第一本書的感想吧…

三個字：累・斃・了！！！

總是一直不斷地、盡可能的把想到的東西塞進書裡，
連書的版面編排都自己搞定，
不停的取捨、增加份量，
結果就是一邊爆肝看球賽，
一邊還得畫圖趕稿。
如果小王投球有投一休四，
那我也想跟編輯爭取畫四休一。

希望我第一本走出部落格的實品書，
可以買下這本書的你（妳）
帶來滿滿的歡笑，
如果看完書還是對笑點慾求不滿（亂用成語），
請到敝網誌坐坐，
海豚男會繼續為您搏命演出！（啊～還有栗子頭！）

部落格網址：
http://www.wretch.cc/blog/thebz1

好友彎彎推薦序

DOLPHIN MAN

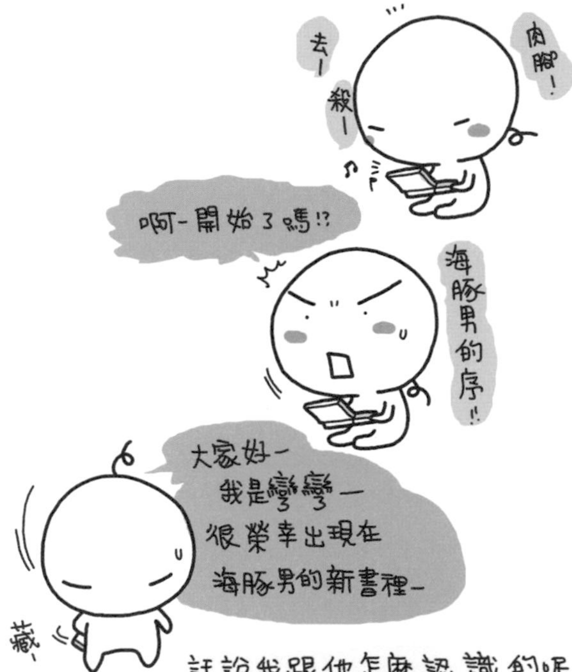
去—
殺—
肉腳—!
啊—開始了嗎!?
海豚男的序!!
大家好—
我是彎彎—
很榮幸出現在
海豚男的新書裡—
藏—

話說我跟他怎麼認識的呢..?

第一次接觸到他的圖是朋友傳的
小王的圖片

喔喔好可愛—

雖然我不懂棒球但還是看的津津有味

好好玩喔!!
好豐富!!
好好笑—

還有超多的生活日記，跟好友栗子頭等的互動..
軍中鬼故事等.. 每則都超逗趣爆笑
我是大帥哥！
所以一直很期待海豚男的新書
好了沒？
好了沒？
再等等.
啊，全壘打！
現在新書終於上市..
你的序..
好了沒？
只差你了..
再等等
啊，八連鎖
編輯
☆這是真的..
就請大家開始進入海豚男的幽默生活吧!!
然後彎彎作品
"可不可以系列..
也要支持喔!!!
喂！廣告打太凶了吧!!
還更有活力是怎樣!?
氣泡接招！
我是主角吧！
不要打臉！

好友貴婦奈奈推薦序

我愛豚男--貴婦奈奈的友情進化論

我不知道幫海豚男這本新書寫推薦序要多說什麼？
等這麼多年才等到海豚男第一本書，
根本無須考慮、不用多翻，直接買就對了！
認識海豚男的時間不長，但從幾次的深聊和相處經驗推論，
這男人絕對是個教養良好、觀察周圍現象入微、不可多得的上選豚男。

每次跟海豚男見面，他從不遲到，絕對早到（完全跟他部落格裡的說法一模一樣），在這個被科技便利衝昏頭、承諾不停變動的年代，
海豚男依然堅守著傳統口頭的約定，讓人感到心安；而每位作家都難以擺脫的拖稿惡習，
他也毫無沾染，總比截稿日期提早達陣，堪稱出版界的模範生。

海豚男的好人傳奇還可以不斷延伸到他對朋友、他對家人的事蹟上，每個家人、朋友隨時隨地都能感受到他最真心的付出。想感受一下豚男神話，一定要繼續把這本書看下去，因為感受好人氣場，是最好的加持。

對我來說，海豚男的大事，就是我的大事，因為這位豚爺也是用相同的方式待我，
我們身上綁著無名的投名狀，兄弟出書必推之！

貴婦奈奈/百萬部落客冠軍
部落格網址http://www.wretch.cc/blog/abig99
著作： 我愛質男--貴婦奈奈的愛情進化論

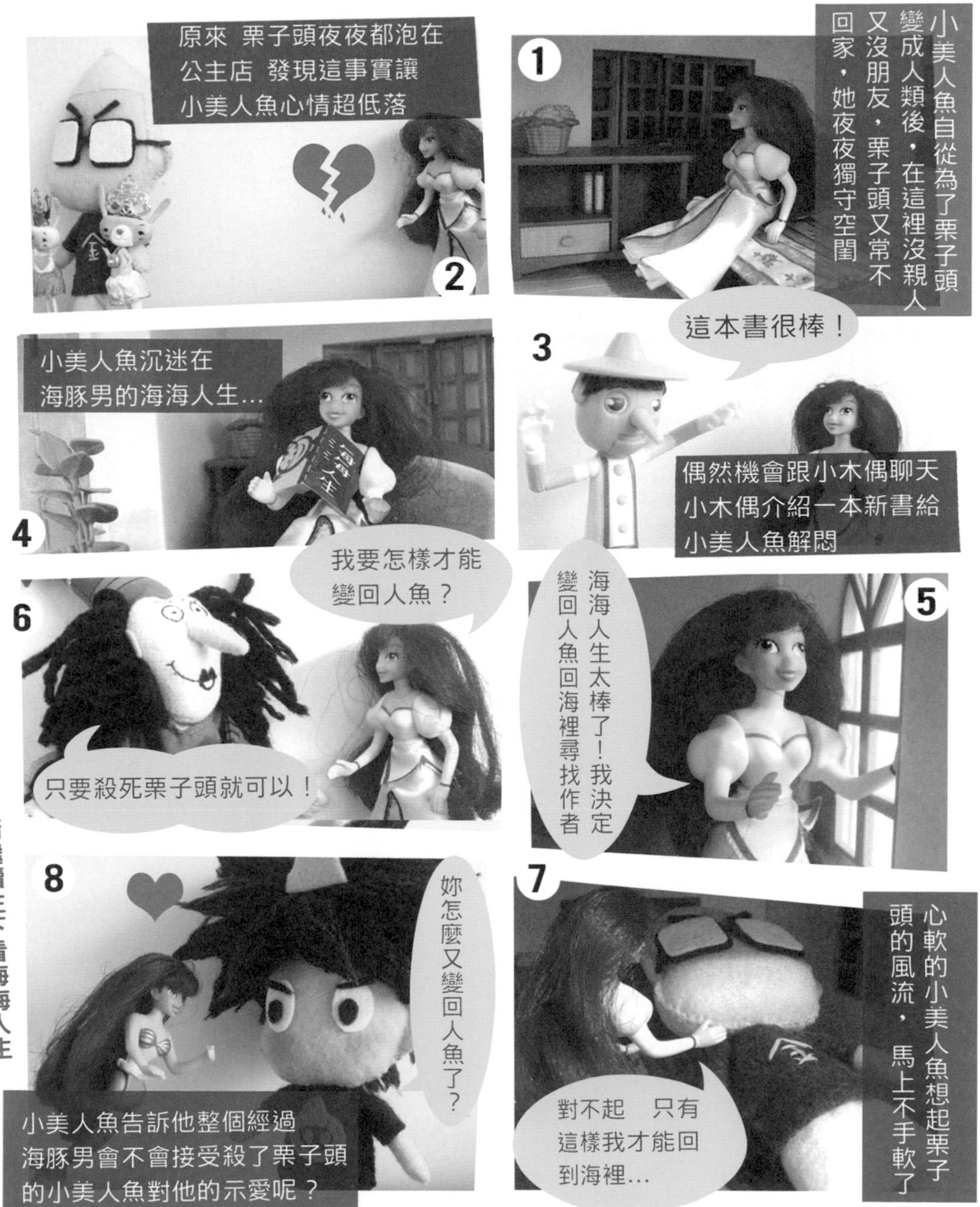
1
小美人魚自從為了栗子頭變成人類後，在這裡沒親人又沒朋友，栗子頭又常不回家，她夜夜獨守空閨
2
原來 栗子頭夜夜都泡在公主店 發現這事實讓小美人魚心情超低落
3
這本書很棒！
偶然機會跟小木偶聊天小木偶介紹一本新書給小美人魚解悶
4
小美人魚沉迷在海豚男的海海人生…
海海人生
5
海海人生太棒了！我決定變回人魚回海裡尋找作者
6
我要怎樣才能變回人魚？
只要殺死栗子頭就可以！
7
心軟的小美人魚想起栗子頭的風流，馬上不手軟了
對不起　只有這樣我才能回到海裡…
8
妳怎麼又變回人魚了？
小美人魚告訴他整個經過海豚男會不會接受殺了栗子頭的小美人魚對他的示愛呢？

請繼續往下看海海人生
海豚男的一生
解開海豚男的內心世界！

好友SANA推薦序

DOLPHIN MAN

嗯…
苦惱啊…
苦惱什麼?
居然一出場就苦惱…
最近幫朋友寫序的開頭都是恭喜X X出書了
這次開頭不想寫恭喜海豚男出書了太沒新意了…
這是啥煩惱!
所以,為了你!我已經想好一個超特別的開頭了!!
喔喔喔?太感動了
恭喜栗子頭出書了!!
…

暗
誰叫我
回歸正題⋯
跟海豚男認識快兩年了，總算、總算、總算盼到他出書了
真的是可喜可賀呀！
你灑的是啥？
海豚飼料
搞笑尤其是海豚男的專長
這本書真的不看可惜喔
請大家務必支持
不過最好笑的是⋯這個序快畫完了
我還不知道本書的書名是什麼
⋯
其實這本書叫做「海豚放空ING」
⋯
去死

文 / **SANA(殺哪)**
著有「SANA放空ing」
「SANA戀愛ing」
http://sana217.com

好友四小折推薦序

DOLPHIN MAN

恭喜海豚男出書了!!
登登登…♪
〈大白鯊配樂〉
那是什麼!!
豚出沒注意!

平常我和海豚都會聚在一起討論畫畫的事,身為好友兼同鄉的我一定是要大力支持的!!
感謝啦!
為什麼要游泳來呢?…

是兄弟就不用多說了！祝你新書大賣!!
我不會枉費我們平常切磋琢磨的!!

切磋中...
你們⋯
啊！可惡
END.

【四小折】

海豚男同鄉兼好友，
著有『兔出沒注意！』。
個人部落格網址 http://off60.com

DOLPHIN MAN

當猴子遇到海豚？

海豚男的塗鴉本，是驅逐鬱卒心情的百憂解！他以可愛又逗趣的網路漫畫，
彩繪自己的生活，也精準表達了閱聽大眾的情緒缺口。

某次在辦公室苦思，上網搜尋新聞題材，偶然連結到海豚男的部落格，
這一看竟然欲罷不能，笑到肚子快抽筋了，決定要採訪這位網路人氣漫畫作家，
當時在部落格留言，寫下連絡資料，竟差點被誤認為是詐騙集團，真是太爆笑了！

第一次和海豚男碰面，覺得他很靦腆，話也不多，和網誌裡的搞笑形象不太一樣，
但逐漸熟識後，藏不住的幽默天分，通通跑出來了，私底下的海豚男，也是大家的
開心果呢！充滿好奇心與觀察力的海豚男 ，厲害之處就是善於鋪梗，他總能將最
精彩的笑梗，留到最後一刻才揭曉，就像拆禮物一樣，隨著一層層包裝被打開，
又添增了幾分刺激感與期待，由此可見創作功力深厚，他以圖文創作告訴大家，
即使過著平凡的生活，也能發現唯我才有，獨一無二的新鮮觀點。

魏小猴獻上賀圖一張

魏華萱　（魏小猴）／
曾任年代電視台新聞主播
現任廣電基金會講師、
旅遊外景主持人、部落格作家

插圖　／　魏郁珊　（猴小妹）

DOLPHIN MAN

http://www.wretch.cc/blog/thebz1

每個超人英雄人物都有段誕生密辛
本書的作者海豚男也不例外
就像蜘蛛人被蜘蛛咬到
蝙蝠俠有段黑暗的過去
一切都是變身為超人英雄的起因

但是我沒有被海豚還是鯊魚咬到
只有常被巷口小黃狗咬到

要說海豚的基因突變
頂多我家裡頭老爸是賣魚的和魚有關
（不過海豚是哺乳類的）

也沒有蝙蝠俠黑暗的過去史
只有宅在陰暗房間看動漫的過去

所以海豚男不是正義的英雄超人
只是個會畫圖，頭上長海豚鰭
想用笑點救世人的好宅男

海豚男登上！

DOLPHIN MAN
海豚男宅房大公開

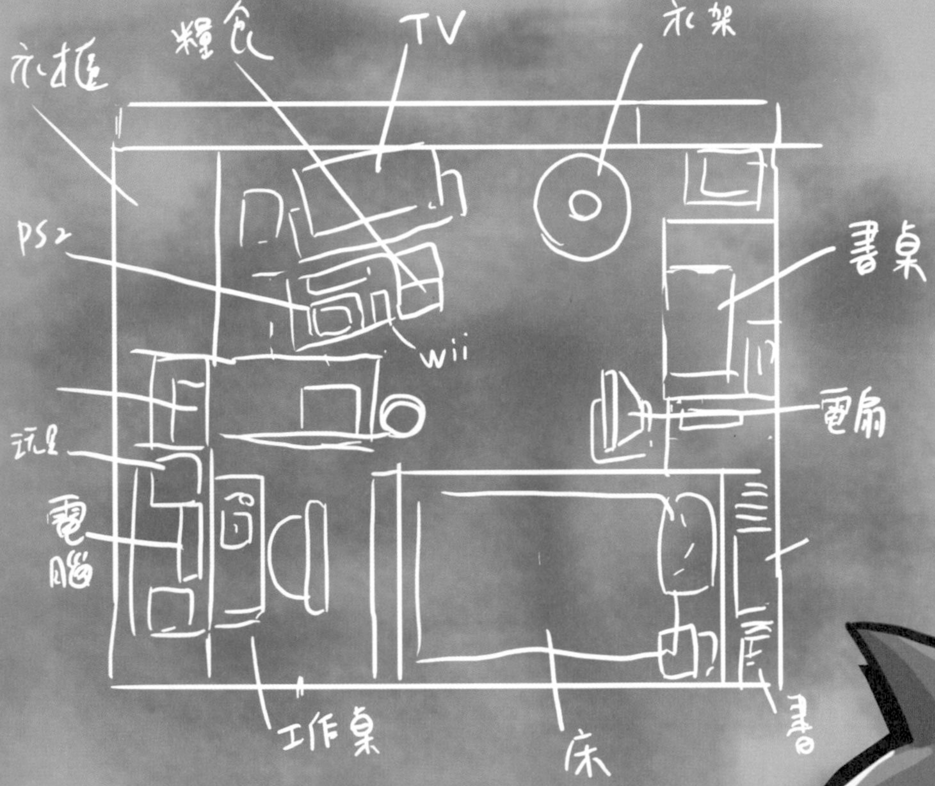
衣櫃
糧食
TV
衣架
PS2
書桌
Wii
電扇
玩具
電腦
工作桌
床
書

展示圖

宅男的房間就是這樣的！

我的作品生產起源地

我的電腦桌

彎彎送的阪神虎週邊

公仔集中區

電腦螢幕

工作畫圖不能沒有飲料

吃飯的工具－繪圖板

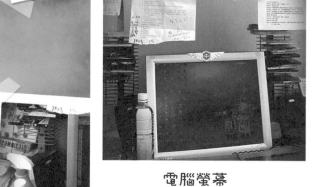

DOLPHIN MAN
海豚男宅物大公開

La new熊的全隊簽名球 因為畫了球員得到的（比畫小王還早）

最愛的B'z樂團收藏 冰山一角

Wii

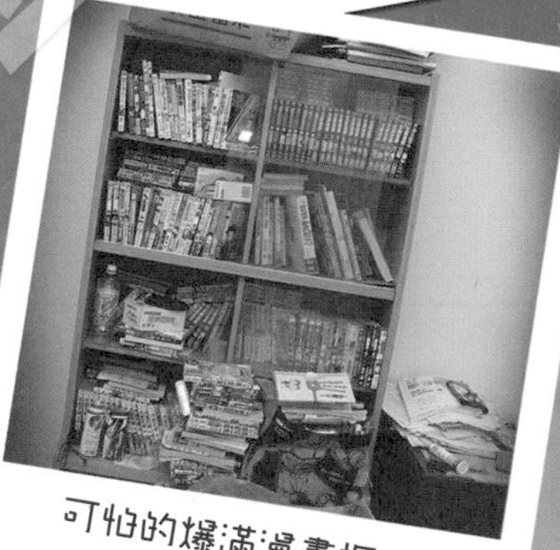

可怕的爆滿漫畫櫃

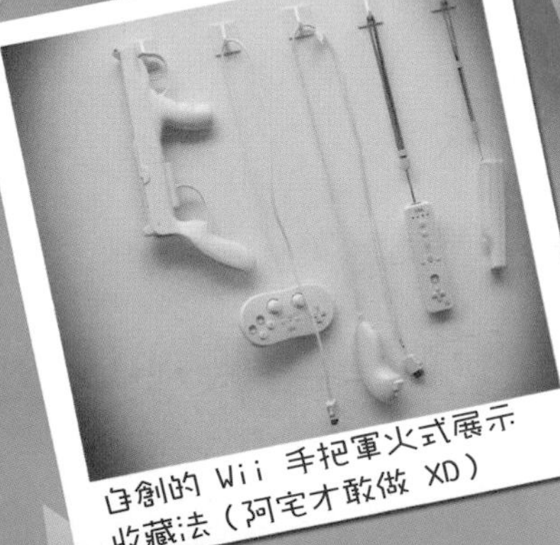

自創的 Wii 手把軍火式展示收藏法（阿宅才敢做 XD）

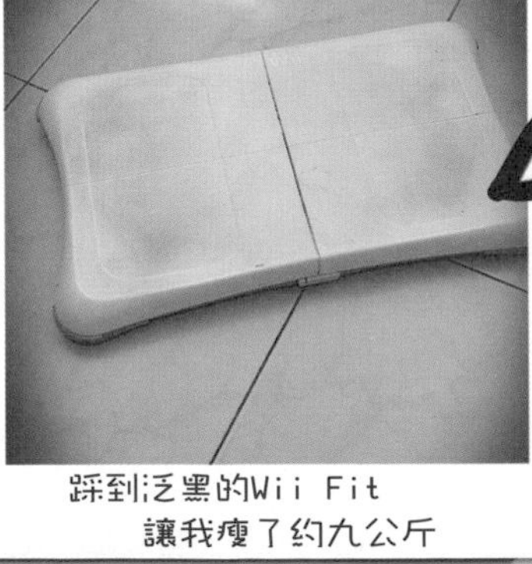

踩到泛黑的Wii Fit
讓我瘦了約九公斤

老媽的凱蒂戰利品

麥當勞的王建民海報

毛腳墊子

美國寄來的紐約洋基月曆

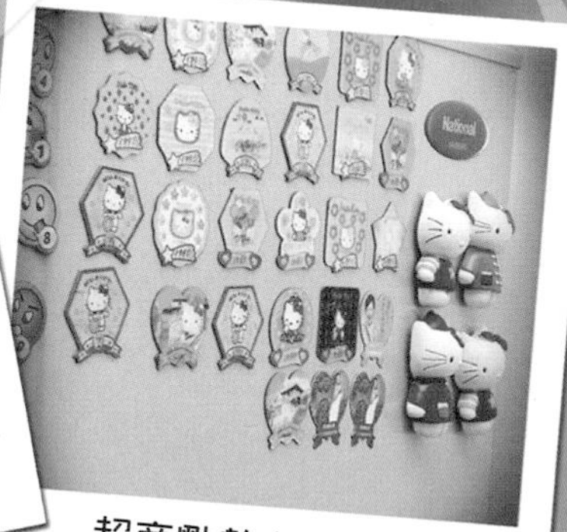

超商點數免錢必收藏

宅在家不用出門也不會餓死
好幾天份的微波食品

特別推薦

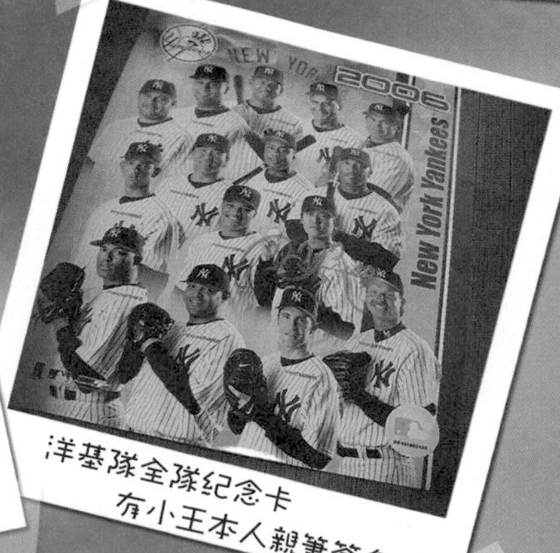

洋基隊全隊紀念卡
有小王本人親筆簽名

在經營部落格時，另一項最開心的事就是認識很多志同道合的圖文部落客好友
來介紹一下我們平常的互動方式吧

最常去一樣住在台南的部落格圖文作家
四小折家裡討論和切磋畫圖技巧

哦哦，真的ㄟ，方便好多啊！
這裡的PS快速鍵，填色時很好用哦！還有，筆刷可以改成…

十分鐘後

切磋技巧…

明明是阿宅們切磋Wii的遊戲技巧吧！
這招要這樣用哦！
零式抽球！

還有常常在MSN上互相交換經營
部落格的創作方向與廠商合作情報
最近某廠商找妳代言了呢！
合作後有什麼感想啊？
哈哈！那廠商的
案子有點難呢！
SANA
與SANA在MSN上交換部落格的甘苦心得
我跟你說啊，
那個誰現在和誰聽說…
什麼！？原來貴婦奈奈和小男友又去了…？
哦哦！那個X寶又再找正妹下手了嗎？
聽說史丹X和XX關係明朗了啊？
你說新歡是？提示一下名字啦！
幾個字？兩個字？三個字？
快點做筆記！
ㄎㄎ
是在分享八卦吧！
貼心的他們還常送禮物給我
去美國遊學的輔大猴，從美國
寄給我的貼心生日禮物ㄟ！
很甜的巧克力
和磁鐵小黃人公仔
運費比禮物貴啊！哈！

據輔大猴說：是甜到吃完後會上天堂的美國巧克力。讓我忍不住馬上拆開密封的塑膠包裝來一探究竟…

Chocolate
USA

才一打開，就可以聞到非常甜的巧克力味
有一種還沒吃就連牙齒都酸起來的感覺…

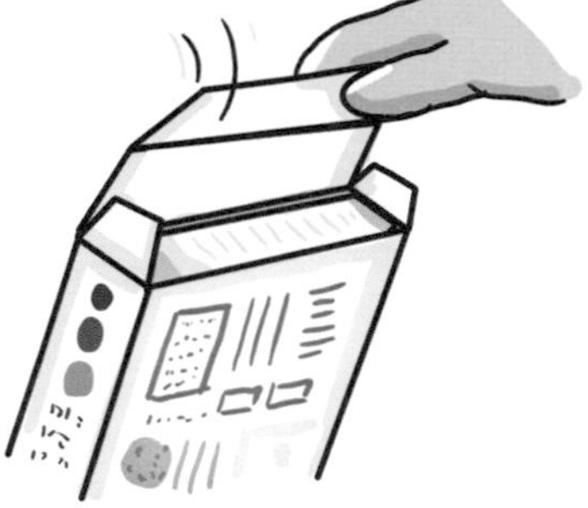

想像情境

哦哦！這裡就是台灣啊！
搭了好幾天貨運飛機，終於到了…
哈囉！北鼻！
我們是美國來的螞蟻！

然後跟著跑出三隻…

螞蟻
螞蟻
螞蟻

丟進馬桶沖掉…

嗚哇哇哇！～

還有與部落客朋友一起
分享喜悅和成就…
恭喜貴婦奈奈參加百萬部落客比賽，
勇奪冠軍，獲得獎金一百萬元！
要謝謝你們兩位
台南同鄉大力拉票啦！
去吃個飯吧！
情侶倆感情真好啊！
分享獎金……
這根本是酒池肉林！還有酬庸！
部落客應酬實在是太黑暗了！
為什麼不找我？（重點）
那些都不是奈奈的對手啦！
我們台南之光，除了李安和小王
之外，又多了一位啦！（狗腿）
嘿啊！朋友，順啦！
吃完來續攤！續攤…
說得好啊！
兩位醉了…
另外，我最大的娛樂，就是常常和
彎彎用掌機NDS網路連線，來場對戰…
透過MSN邊玩邊嗆聲
真是找死啊！我二十年
的電玩經歷，功力可不是…
來連，來連吧！
天使般的彎彎

海豚男累積至目前戰績
敗場：1859敗
勝場：120勝
你這隻笨海豚，
只剩一張嘴啦！
看我慢慢的折磨你！
妳這電玩裡面殘暴的女人！
惡魔化的彎彎
偶而有機會上台北找彎彎玩…
Hi
HI！
馬上在捷運站裡拿起掌上遊樂器
繼續連線對戰復仇…
不畏懼路人的眼光
為什麼上台北還在
玩電玩啊！？
你們這對宅男女！
不要以為台北是
妳的地盤，我就
會輸妳啊！
那我就略盡地主之誼，
好好對你實施殘酷
之刑！

糟糕…完全不是對手！這魔女打電玩還是一樣殘暴，
不過彎妳太小看我，今天來台北連線的最大不同處了…
那就是可以干擾對手。
我推！
失誤
三條槓‧神拳制裁
你再幼稚一點啊！

很多人是因為我畫的王建民Q版圖及棒球相關創作而認識我，
所以就先談談我和棒球創作的故事吧！
球過去啦！
看棒球十幾年，就在王建民旋風席捲全台灣時，燃起了用自己的創作聲援小王的想法！
熱血速度和微波爐加熱一樣快的男人
部落格大神—彎彎的MSN狀態圖突然給了我靈感，就這樣，我的棒球創作—第一張Q版小王MSN圖誕生了…
感謝彎神

從第一張加油的小王圖，演變到每一勝我都會畫的賀圖，已經變成我紀錄小王勝利和球迷回憶的一種方式！

很多球迷跟我回應說：每當小王勝投，他接下來期待的就是蘋果日報隔天的頭版海報，和來我網誌等我更新，把桌面換成我新畫的勝投桌布是必做的事。

每次看到這些鼓勵，就讓我更有不斷的繼續在部落格創作和棒球相關的漫畫，或是紀念圖的動力，每當看到自己的作品隨著這些台灣之光演變時，不禁想說，這大概就是我寫部落格最大的喜悅！

用我的畫筆記錄每一段屬於台灣棒球的光榮時刻

不過，這也是我甜蜜的負擔！
每天看完比賽後，想作品
靈感的我……

記得畫小王被報導出來時，
很久不見的朋友用MSN敲我：

我在電視上看到你ㄟ！

因為部落格很低調，連自己
親朋好友都不知道我有在
自己的部落格上創作。
被報導之後，
朋友紛紛來詢問我……

你那個是畫王貞治，對吧？！
（這朋友是認真的）
能知道王貞治，反而不認識
王建民，算你厲害！
老王、小王，傻傻分不清楚啊！

MAN

DOLPHIN

人物登場介紹

海豚媽
天才媽媽
喜愛凱蒂貓
海豚弟
麻辣老師
小強專家
海豚爸
年輕時幹
過老大
脾氣火爆
Selena
作者編輯
裝可愛高手

黃金栗子頭
超健忘
頭腦少根筋
熱愛熟女
海豚男
本書主角
愛好棒球
喜歡惡作劇
小承
海豚男麻吉
同學之一
鬼點子多
海豚丸

在部落格出名前，我是在某設計公司
待了五年後，決定離職，自己在家接案
當插畫設計SOHO，靠網路外包網接繪圖案

拜電腦科技方便之賜，不用出門
我就能在家工作，找案子都是在網路上找
稿件也只須電子郵件或是燒錄光碟片寄給業主，
在那階段，我接過很多種類的插畫案件
記得印象最深的，是有一次接到健康教育方面的…

生殖器構造插畫圖

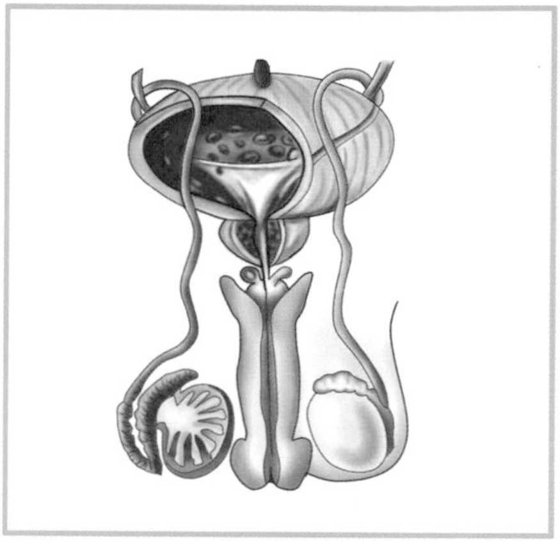

第一個禮拜

接著第二個禮拜的案子又是…

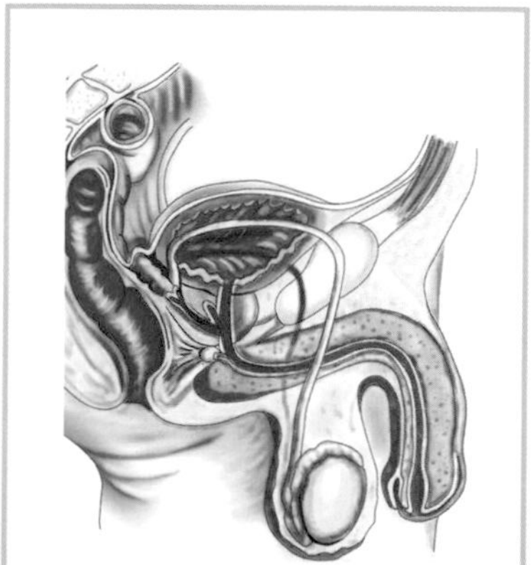

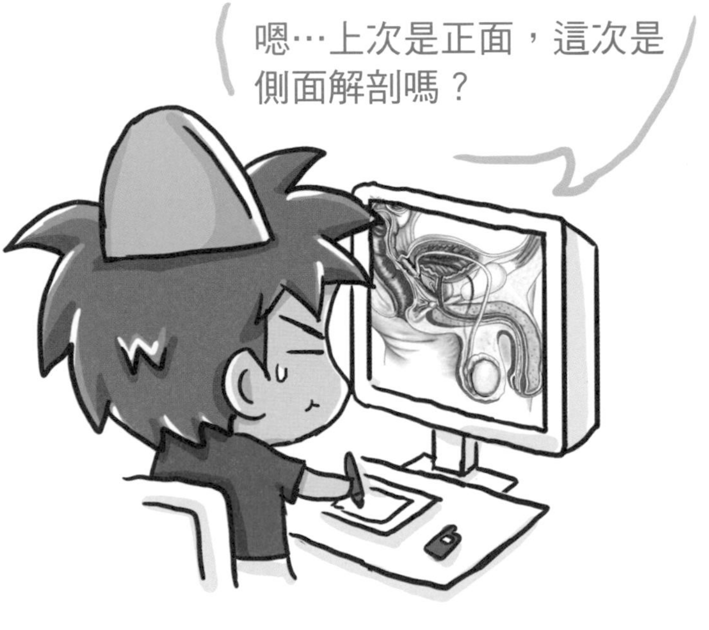
嗯…上次是正面，這次是
側面解剖嗎？

第三個禮拜又是…

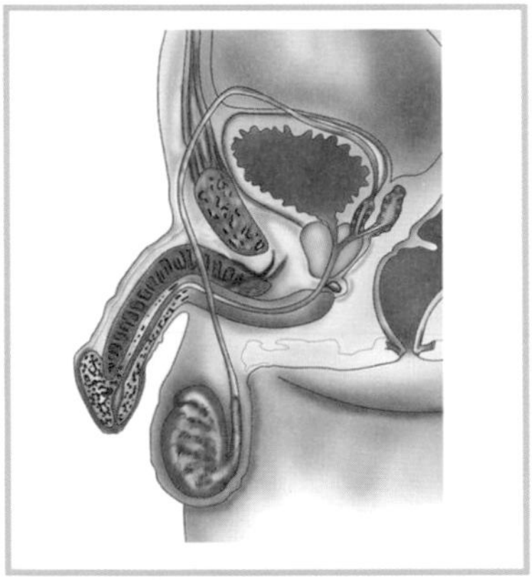

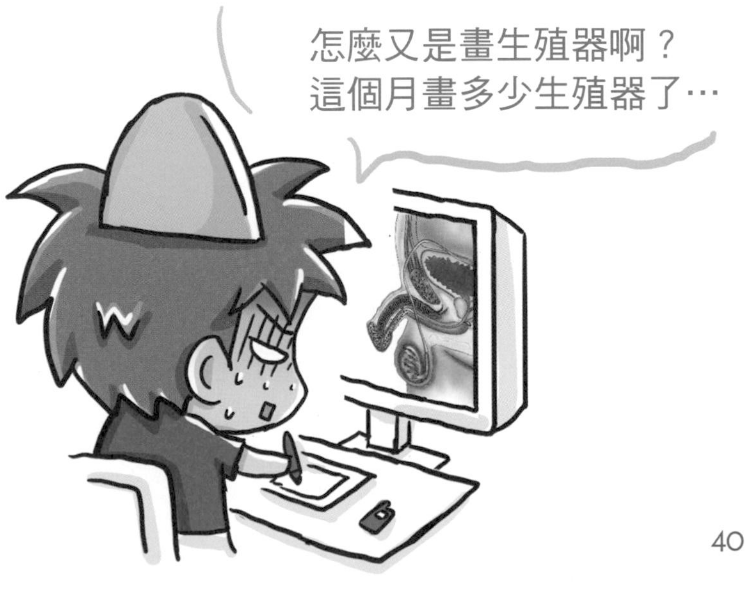
怎麼又是畫生殖器啊？
這個月畫多少生殖器了…

不是我自誇，畫了一個月後，
我已經把老二的內部構造名稱和細節
都背起來了！
你是老二畫家
達人吧！？
達人

海豚男碎碎唸

其實那時候畫的是教科書，所以很多人體構造我都畫過，剛開始接案時，接的是英文教材的插畫，從鄉土教材到參考書都接觸過。很感謝因為有之前在公司的磨練，讓自己在外面碰到不同畫風或是題目很難的案子，都能一一克服、完成。其實當SOHO很辛苦，大家一定覺得在家工作很愜意，想工作就工作，想休息就休息，事實上是24hrs都在工作中，沒有放假的感覺。而且接案競爭很激烈，如果沒有人脈或是自己有足夠的實力，是很難生存的！

不過，對我來說，這工作最大的優點是：看王建民以及其他棒球比賽，完全沒有上班或是上課看不到的煩惱。（笑）

DOLPHIN MAN
老闆，我在上班耶！
我還在前公司工作的時候…
老闆坐在我的正後方，工作時
背後隱約有股壓力，讓我不敢偷懶
但是，真正困擾我的原因是…
上班時，老闆常用電腦
在我後面看卡通——名偵探柯南…
你是并川慶嗎？
老闆是超級柯南迷

所以我很想要說……

嗚哇！幹嘛射我？
抱歉了，借我用一下！

工作時，不要在人家背後推理劇情啊！老闆！！
我會很想一起猜，沒辦法專心上班了！
沈睡栗五郎

上班改玩「魔獸世界」線上遊戲

組團去！
更想玩！更坐不住啊…

老闆不願面對的真相

每到快過年時，公司都會大掃除
有一年在公司午休時

你又買飲料回公司啦
公司有飲水機哦 真是不節省
海豚，下午辦公室要大掃除，麻煩你啦！
知道了
老闆又在看柯南了…
都清洗完了，就剩這台飲水機了…
海豚男工友裝狀態
所以我打開飲水機的濾心蓋子，打算清洗內部
呼～清一清吧！

我開！
螞蟻
螞蟻
螞蟻
螞蟻
螞蟻

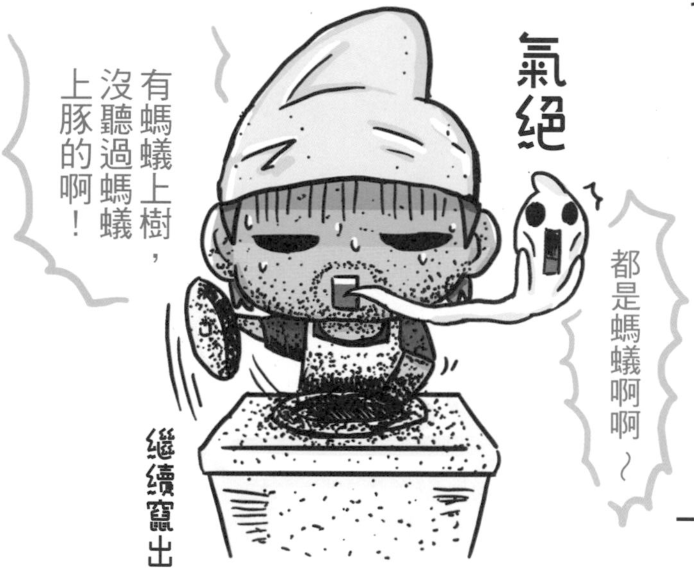
有螞蟻上樹，
沒聽過螞蟻
上豚的啊！
氣絕
都是螞蟻啊啊啊～
繼續竄出

一旁的老闆看到了這個景象

喝了一整年螞蟻茶的老闆

震驚

我的靈感常常是來自做夢時
突然想起過去發生的趣事或點子！

浮現

驚醒

因為我是在家工作的插畫設計SOHO，所以床到電腦的距離就是我上班的距離，也是創作點子一來就可以馬上進行的最大優勢…

那段過去的故事
真是太好笑了！
趕快把它畫出來！
馬上起床

但是常常會像這樣
………………
我剛剛到底是夢到什麼啊？醒來後突然又忘了…傷腦筋啊！我記得是很有趣的啊…
嘖
真是沒辦法，只好藉睡回籠覺來把故事靈感想起來了，我是不得已的。這是為了工作！呼嚕…ZZZ
爬回被窩
也常常會變成無限的迴圈
請回到故事開始→

第一次與編輯見面
約在台南市政府附近
市政府那條路上，有個寫著「台南市政府」的大立體字，很顯眼，就在那邊碰面吧。
有個寫著「台南市政府」的大立體字是吧？好，我知道了。馬上就到！
市政府前
我真是聰明，這像是好萊塢地標一樣的大立體字，就算是外地來的編輯，也一定會一眼就注意到…
TAINAN CITY
也是市政府前
立體招牌前
台南市政府
TAINAN CITY
應該就是指這個吧？立體的「台南市政府」字

市政府前距離不到五十公尺的兩個人…
還沒發現對方已經在對面。

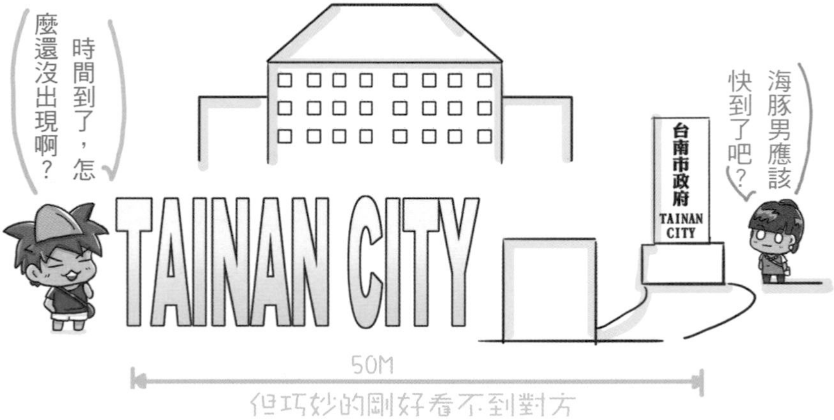
時間到了，怎麼還沒出現啊？
TAINAN CITY
台南市政府 TAINAN CITY
海豚男應該快到了吧？
50M
但巧妙的剛好看不到對方

過了五分鐘，依然膠著的兩個人。

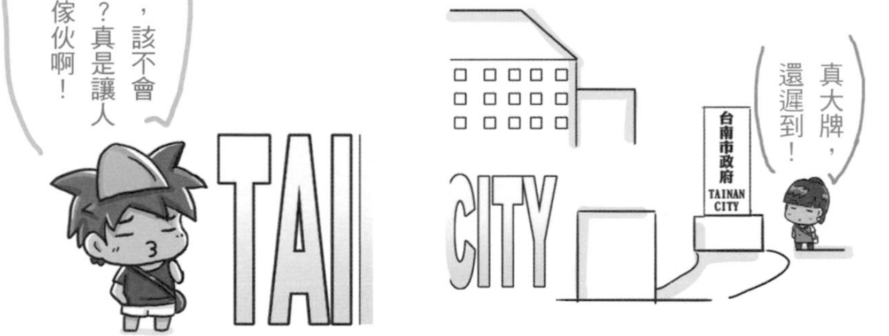
真是的，該不會迷路了吧？真是讓人不放心的傢伙啊！
TAI
CITY
台南市政府 TAINAN CITY
真大牌，還遲到！

市政府前捉迷藏般的首次見面。

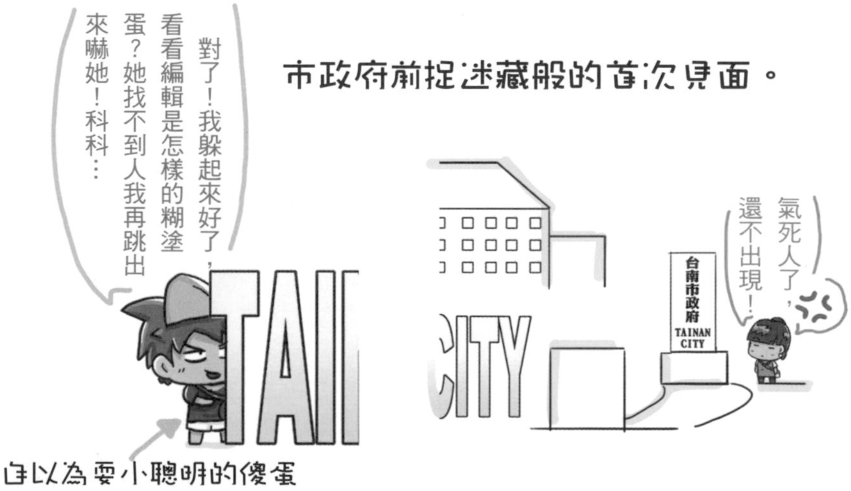
對了！我躲起來好了，看看編輯是怎樣的糊塗蛋？她找不到人我再跳出來嚇她！科科…
TAI
CITY
台南市政府 TAINAN CITY
氣死人了，還不出現！
自以為耍小聰明的傻蛋

海豚鰭的祕密

在書上算初次見面，大家好！我是海豚男。
我是師奶殺手一黃金栗子頭。
我來幫讀者問好了，你頭上那個海豚鰭到底是什麼作用啊？
好啊，就在書裡面做第一次說明吧！這個海豚鰭的作用，其實是…
原來可以拔下來？！（攜帶型？）

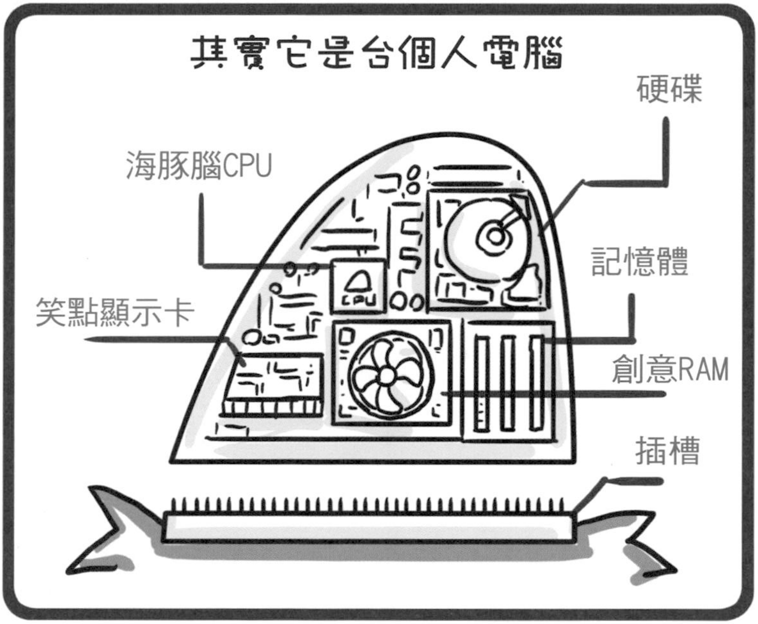
其實它是台個人電腦
硬碟
海豚腦CPU
記憶體
笑點顯示卡
創意RAM
插槽

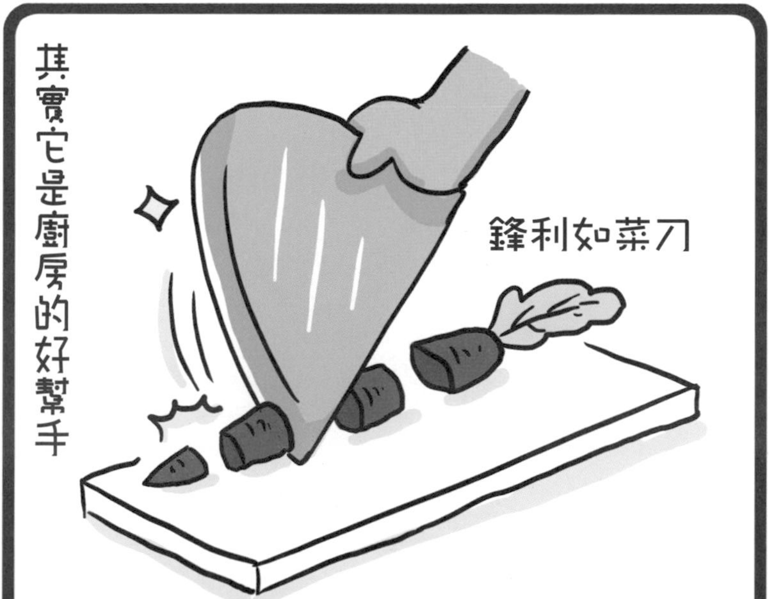
其實它是廚房的好幫手
鋒利如菜刀

其實它是一台Wii
吸入式光碟孔
是公司貨還是水貨啊？
所以海豚鰭的功能
好比哆啦A夢神奇的道具。
你可以再
胡扯一點！

各位觀眾，這麼好的東西，你心動了嗎？本公司剛好進了三種顏色的海豚鰭，連缺貨最兇的粉紅色都有哦！要買要快，請打下面這支電話…
豚森購物
那我要買金色的。等等！怎麼突然變電視購物啦？
三色
專人接聽　七天內宅配到府 不滿意包退

這是特別為“黃金栗子頭”迷所畫的介紹單元
是以我現實生活中的麻吉好友為範本的搞笑人物

讓我們歡迎
黃金栗子頭登場！
其實我才是
本書的主角！
這裡是星光
大道舞台嗎？

Q. 關於黃金栗子頭這名字的由來…

答案很簡單。當初畫他，本來只是我部落格裡的串場角色，沒想到因為金色尖頭髮型特色，被網友在回應裡這麼稱呼，我就順應民意給他取這名字了！
那為什麼不是叫貝克漢？
還是布萊德．彼特？
他們也有這髮型啊！
我要正名！

要不然用你真實世界的外號：小花、小明、小鄭，這些沒什麼特色的本名幫你正名好了。你看怎樣？
那…就栗子頭…勉強繼續用好了…

關於栗子頭的資料大爆料

喜歡熟女，交過的女友，年齡比他大20歲以內，都在可接受範圍。目前記錄最高是相差13歲，栗子頭有「小鄭」之稱，但是栗子頭的女人緣真的很好，而且老少通吃，因此，也有師奶殺手之稱…

小姐，妳有股成熟美，我可以請妳吃頓飯嗎？
我快要可以當你媽了好嗎！還有，你的臉是抽筋嗎？

女人緣好的原因，是因為他對女性非常「大愛」。專科時期，栗子頭是我隔壁班同學，他們班上女生因為栗子頭沒去上課，中午不知道要到哪裡買午餐（平常都是栗子頭代勞去買便當）。栗子頭說過，他如果沒去上課，班上很多女生會餓死，由此可見栗子頭對照顧女生的熱心公益情操…

女同學撐著點！
我買便當過去了！

栗子頭本人非常會遲到，高中同班時，
他總是在大家中午用餐時，才提著他的早餐來教室上課…

來了！來了！

然後他帶來的早餐照例會變成我們的飯後點心，
被我們好幾個同學瓜分…因為他有訂中餐，
所以早餐自然變成大家期待他遲到的伴手禮…

今天是煎餃啊！
飯後點心真不錯！
你們…

另外，此人十分有偏財運，曾中樂透數萬元的獎好幾次，中獎後他也十分慷慨，一定會請大家吃好料的，大肆慶祝！

YA～～！
大飯店我請客啦！

但邪門的是，老天賞賜他偏財，必定過不久後要破財。諸如：機車被偷很多次、錢包遺失、汽車壞掉、生病…就在得獎後，伴隨而來…所以，栗子頭的人生，在朋友眼中像是連續劇般精彩，也因此，讓我的漫畫永遠不怕沒有故事可畫…

機車又被偷了啦！
才買一個月！

至於我和栗子頭在一起都做什麼？
我們常去百貨公司的兒童玩具部鬼混，
流連忘返的看玩具（只看不買的澳客）。

你看，新的剛彈ㄟ！
喬巴好可愛哦！
媽媽，有怪叔叔！
噓！不要看那些宅男…

栗子頭常跑到我房間，當我在畫圖、工作時，他卻在一旁玩我的Wii，或是吹我的冷氣，把我房間視為娛樂場所，不然就直接在我的床上睡起覺來…（害我有被當成GAY的傳聞　T^T）

豚男你最近
都沒買新的遊
戲片子啊？
我要忍耐～

他的記憶力非常差，連我畫他做過的蠢事，他都會有這樣的反應…

真是夠了！你的記憶體
只存到一小時前吧？
原來我幹過這種笨事啊？！

所以我會繼續畫他的笨事給大家欣賞，請大家多多捧場哦！

有一次我和栗子頭去高雄時搭計程車

哦!這台車有裝電視ㄟ!
這台小黃真豪華!

運將大哥聽到之後，
很得意的默默開啟他的小電視，放卡拉OK給我們看

還有卡拉OK啊!
司機大哥真享受!

開給你們唱的。
謝謝你的好意，我們沒那麼嗨…
沒有周杰倫的歌嗎?

那要看卡通嗎？
我有海棉寶寶。
如果你有天線寶寶也不用！
不用了⋯

運將大哥不小心轉到A片台

那看電影台好了！
A片
哦哦！亞美蝶！

默默關掉電視

性騷擾?!
那片我也有ㄟ，運將大哥你識貨哦！

後面的車程就這樣瀰漫著
尷尬的氣氛下到達目的地

真尷尬！
以後我車裡也要裝一台！

那次之後，坐上其他計程車時
栗子頭都會抱怨…

這台車沒有
A片服務嗎？
配備真差
怎麼可能會有？
不要亂說話！
……
頭文字K

海豚男碎碎唸

那司機大哥真的很自豪的展示他的視聽設備。加上栗子頭一直在那邊讚賞…= =

曾經看到蘋果日報頭條報導“播放A片被告的計程車司機”事件，才讓我想起這件我和栗子頭遇到的事。不知道我們兩個這樣算不算是遇到性騷擾？

有人在我網誌回應說：播放給男生看，應該是福利啊。所以不能算是性騷擾！怎麼這麼不公平啊？！XD

在男女平等的社會上，是不是該提出來，替男生抗議呢？（笑）

小承非常愛吃辣
吃拉麵一定要配這個…
你真的很會吃辣ㄟ！
這家拉麵店的辣粉超讚！
辣椒粉罐的蓋子突然脫落
掉落
！

整罐都下去了！
紅色山丘
會出人命吧？
整碗麵都是紅的了！
不能浪費！已經付錢了！
死也要吃掉！
看！我說沒問題吧！
解決了！
你嘴巴上有香腸？

又有一次去吃麻辣鍋
麻辣至尊
請問麻辣鍋要多辣呢？小辣、大辣、地獄辣？
最辣的是哪一個？
我們有不好的預感⋯
本店極辣
花都開好了
誰來挑戰
我挑戰這個好了。
〃花都開好了〃是什麼意思啊？

菊花盛開著

背景音樂：周董／菊花台

奔放啊！
綻開著啊

隔天

因為栗子頭的菊花像
正在燃燒著一樣燙
所以隔天開電扇吹來治療
嗚…

學校福利社的商科實習，有一次我被派到文具部去賣文具，想說賣文具不會被小承和栗子頭騷擾，因為賣文具他們就不好下課來亂…

意外的是，文具部和我一起實習、負責影印的同學居然是隔壁班校花！在沒什麼客人的文具部裡，沈默的時間實在讓害羞的我坐立難安

糟糕的是，小承和栗子頭發現了這件事，嫉妒的火焰讓他們下課都坐在文具部對面監看著我，看我有沒有對他們的夢中情人亂來

偷瞄一下

影印1元

瞬間衝到櫃檯前的兩人

你們…
你剛偷看了！對吧？你這禽獸，
不准用猥褻的眼神偷瞄我們的女神！

所以我很安分守己的繼續作我的實習
就在某節下課的客人來文具部時，發生了…

我要影印
好的

我轉過頭去，要請學姐幫客人影印時
發現學姐居然在打瞌睡…

只好過去叫醒學姐

學姐，有客人要影印哦…

睡得很熟的學姐

學姐影印哦…有人來了…
……

沒辦法，只好過去搖醒她了。
還好小承和栗子頭不在。
躡手躡腳
同學！同學！有妳的客人哦！
有人要來影印囉！
搖醒

驚醒
那個…有客人…
謝謝…不好意思！
自己也嚇到後退好幾步

但是我錯了…小承和栗子頭都看到這一幕了！而且曲解成他們的看法…

你竟敢趁人之危，在學姐睡覺時偷摸她！
這是性騷擾！你這色狼！該當何罪？！
偷摸狂！你是男人的敵人！是班上的恥辱！
你們居然都在

我實習完回到班上，他們已經
把事情誇張化並且流傳開來…害
我揹負偷摸狂的外號半學期之久…

性騷擾校花的變態回來了！
偷摸狂！大家唾棄他！
科科
科科
已經把謠言散佈到班上了…

海豚男碎碎唸

直到現在，小承還是會把這件事情拿出來虧我，他稱之為偷摸事件（我明明是被污名化的…）。這一直是高中時期實習課我記得最清楚的事情之一。青春期的男生總是這樣愛起鬨吧！班上的緋聞還有班對也是這樣誕生的呀！忘了說，我們班上的栗子頭，可是超級緋聞王。很多女同學都和他傳過緋聞。對了！他出社會後，在公司裡，也是緋聞製造機呢！XD

鼻血事件

栗子頭某次下課時打籃球
碰撞
啊！流鼻血了！
你還是先回教室休息、止血吧！
嗯…回去拿衛生紙塞鼻子，止一下血。
用了這麼多衛生紙，鼻血還是一直流。

經過的女同學
你很變態ㄟ！
幹嘛罵我？

經過的女同學2
你這是性騷擾！
我什麼都沒做啊！

後面做暗示的人
栗子頭剛看完的書。
波霸天國
我是招誰惹誰了？
怎麼大家都不同情我？

海豚男碎碎唸

經過這個實驗，證明流鼻血的原因，會隨人的印象，被做不一樣的解讀。例如：常惹事的學生，流鼻血會被聯想成打架；常冒冒失失的流鼻血，會被說又撞到、還是跌倒；色色的人（我沒說栗子頭），就會被說是變態！

我和栗子頭在大型電玩場回味
「格鬥電玩－快打旋風」打得正熱血時…
阿都拳！猴溜拳！
阿力古！阿力古！
咦？等…等…等一下，
怪怪的…
我一個按鍵卡住了，沒辦法用啊！
拚命按

賞你三發波動拳
這就是人生啊！沒有等人的道理，按鍵就像人生，卡住就像高低潮⋯
啊啊啊！
為什麼打電動還要聽你講你的人生哲學啊？明明是趁人之危啊！

抽
咦？

搖桿的頭被抽下來了⋯

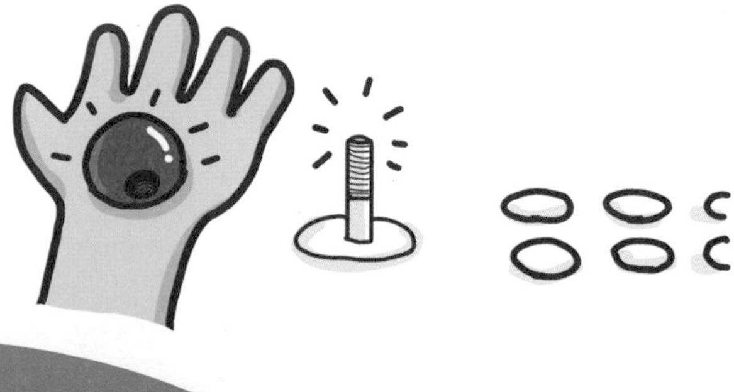

選到破爛機台打電動的兩人
不知在瞎扯什麼

啊啊啊！等等一下啊
我把搖桿頭接回去啊！
阿哩股
打電動就像上大號，黃金先生已經在洞口，是不能喊停就停的啊！搖桿斷掉就像沒有衛生紙，依然不能阻止黃金先生探頭的衝動啊！
你的比喻比我的還髒啊！你的人生都是廁所嗎？

海豚男碎碎念

真是老了啊XD
現在都是網路遊戲和網咖的天下
小時候的電玩店
每天總是不斷重演
家長來抓小孩的戲碼XD
小時候光是站在別人後面看別人玩也開心

在格鬥大台電玩風行的時代
小時候玩快打旋風時真是亂熱血一把的……

馬上繼續挑戰高中時玩的大型
遊樂場電玩摩托車連線來分勝負
居然敢單挑我，我可是這一代有名的車神啊！
好笑！我可是當年差點去演劉德華追夢人的騎摩托車替身！誰怕誰啊！
F1
我馬上就跑在你前面啦！哈哈！準備一直看著我車尾燈吧！到終點吧！
No.1
198km
但剛剛的慘事又一次重現
兩台都有不同的毛病……
等等….這台的煞車怎麼沒反應啊？壞掉了嗎？
奇怪！我這台的油門壓下去不會自己彈回來！
有沒有這麼倒楣啊！
這家店是怎樣？除了俄羅斯方塊沒半台沒有壞的嗎？

既然如此，有種就來玩不用煞車的死亡競賽。公平吧？！
我是油門有問題，幹嘛要陪你不用煞車啊？有種來油門只催到底的比賽吧！
F1
F1

啊啊！要過彎了！
No.1
148km

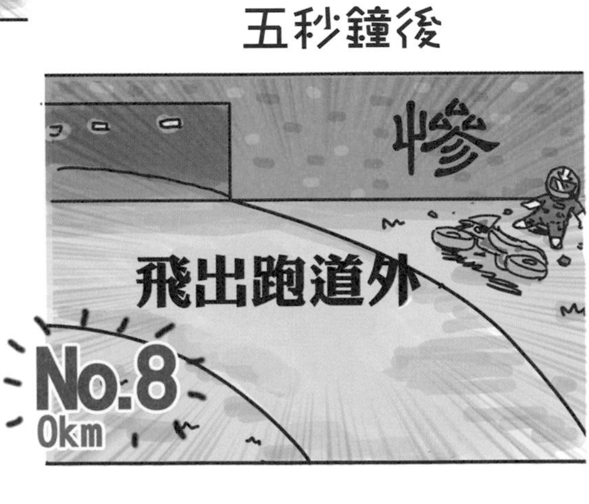
五秒鐘後
慘
飛出跑道外
No.8
0km

然後，兩個人一直在重複出現撞壁的情況下，一臉囧樣的騎回終點…

媽媽我要玩那個！
不能玩啦！那個機車的壞一個月了，不知道的才會投幣去玩啦…
再也不來這家店了！
我也是…
F1

栗子頭的身世之謎

某天，栗子頭跟我炫耀

這台還很新的液晶螢幕是撿來的喔！
真的假的？
這台DVD也是撿來的，都是可以用的喔！
都是我奶奶撿回來的。
咦？在哪邊撿到的啊？
我奶奶生性節儉，常會撿一些還能用、人家浪費丟掉的東西回來！
原來如此，那麼你奶奶一定是…

某日奶奶在河邊洗衣服時

河邊飄來一顆很大的栗子

SOS
驚死輪！

帶回家後，爺爺決定剖開來
吃栗子大餐！

老伴！要開囉！
一定很好吃！

沒想到栗子裡頭，竟然跑出一個小孩…

栗子太郎？
栗
這係瞎？
這顆栗子沒有果肉？！
老伴，該吃驚的不是這個吧？！
以上是根據我的推理…
原來我也是撿來的！我的身世之謎終於解開了！

所以馬上出發去鬼島打鬼！
台灣
打
為什麼我要扮成雞？

警告前面的船馬上停下來！你們已經侵入釣魚台海域，再不停駛，將予以擊沈！
來到不該來的地方了！
台灣
軍艦冒出

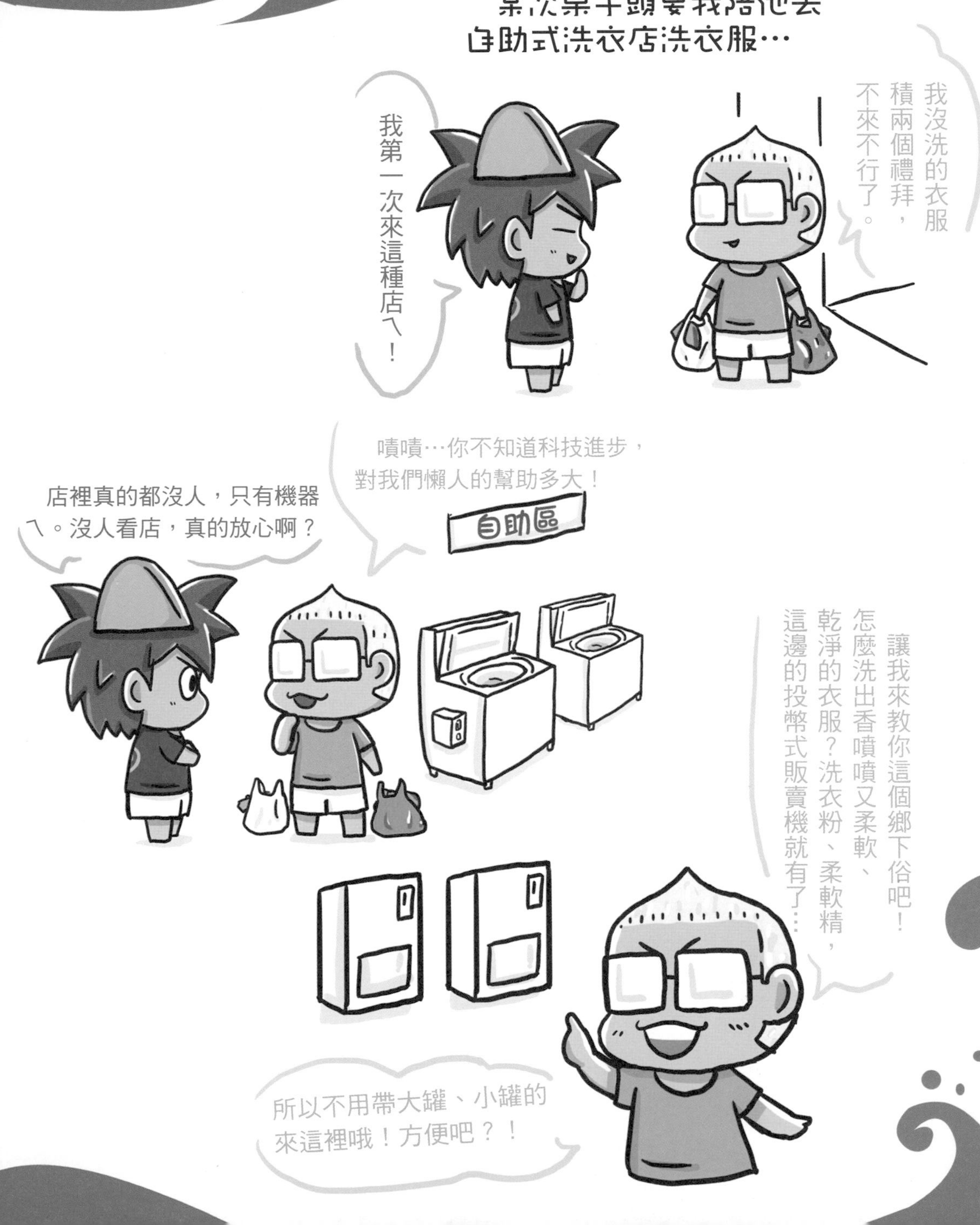
某次栗子頭要我陪他去
自助式洗衣店洗衣服…
我沒洗的衣服積兩個禮拜，不來不行了。
我第一次來這種店ㄟ！
店裡真的都沒人，只有機器ㄟ。沒人看店，真的放心啊？
嘖嘖…你不知道科技進步，對我們懶人的幫助多大！
自助區
讓我來教你這個鄉下俗吧！怎麼洗出香噴噴又柔軟、乾淨的衣服？洗衣粉、柔軟精，這邊的投幣式販賣機就有了…
所以不用帶大罐、小罐的來這裡哦！方便吧？！

先倒入洗衣粉、接著是柔軟精。

然後投入錢幣，洗衣機
開始運轉，最後設定時間，

蓋上蓋子就大功告成了！很簡單吧？
接下來交給機器就行了。

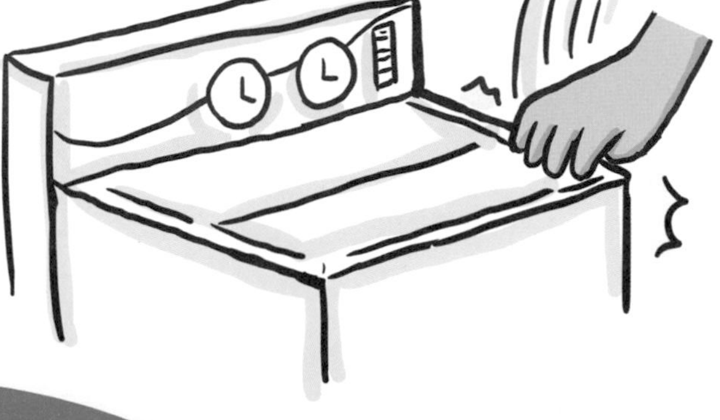

這樣一會兒後，衣服就乾乾淨淨又香噴噴了！
運轉中
我想，衣服應該還是不會乾淨吧！因為你少了一個步驟。
你懷疑我啊？我少了哪個步驟？
運轉中

洗空氣的洗衣機無情的繼續運轉中…

啊啊啊！！
我真是豬頭啊！
可是…你還沒把衣服放進去啊！

海豚男碎碎唸

錢投了好像不能暫停啊…所以，沒有人管理洗衣機也是有壞處的（誤）。
這小故事告訴我們：有時候最重要的關鍵，反而常常被遺忘！是這樣嗎？（笑）
不過，有時候，人們的確常常會注意到細節，卻忘記本來的重點。

阿母的愛心粥有加料

今年年初因為診所誤診
導致急性盲腸炎住進醫院
住院時我媽媽帶粥來給我吃

兒啊，粥來了。
還是有家人照顧好。
這粥可是特地為你補充營養啊！加了吻仔魚，幫你補充鈣質，趁熱快吃吧…
原來割盲腸要補充鈣質啊…
熱呼呼

咦?

粥裡夾出
螺絲釘

咦?飯盒蓋子上
的螺絲釘怎麼不見了?
阿母!我應該沒有
需要補充鐵質吧?!

海豚男碎碎唸

住院時只能吃流質的食物,實在多虧老媽照顧,剛出院時我還是一樣只能忌口,一堆美食都不能吃,唯一的好處大概就是瘦了好幾公斤吧?記得出院回家時,我家的Wii fit管理體重的電腦還很驚訝的說我體重異常變輕太多,有點因禍得福耶!XD

得來不易的尿

剛開完盲腸手術的第一晚，護士小姐來交代要檢查尿液。但剛開完刀，完全沒有尿意，身體也很虛弱，很難起身上廁所。所以護士小姐拿尿壺來給我使用…

想尿時叫我來，
我會幫你弄哦！
他會害羞啦。
妳放著就好！
不用了！
我自己來就好。

但一直到晚上，連一滴尿都沒有。
護士一直來催我今天一定要把尿交出來檢查，
讓我晚上也苦惱著要怎麼交差…

因為照顧我而累到睡著的老媽

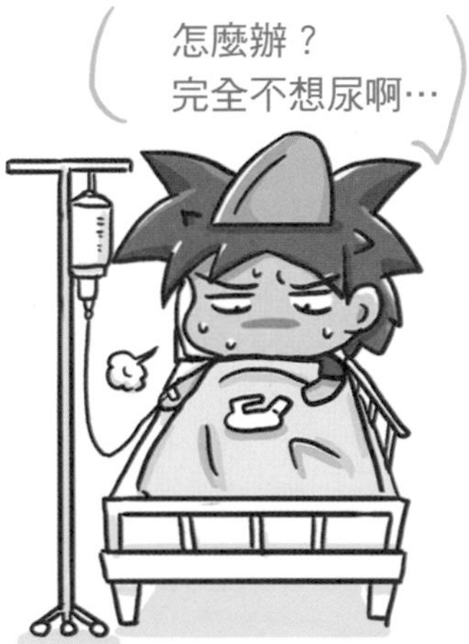
怎麼辦？
完全不想尿啊…

試著把尿壺拿到棉被裡，作假裝尿尿的假動作，看看會不會放久了，就自然尿出來…

只好勉強看看了。

這動作看起來很不雅觀，像在DIY（羞）！
還好有簾子擋著，不然被人看見，更尿不出來…
正這麼想時，護士突然拉開簾子出現了
不…不…不要誤會…我只是…
來巡房
嚇到
別緊張！在裝尿嗎？
需要我幫忙嗎？
不…不用了！
我自己來就好。

護士走後，我在床上躺了1小時，還是尿不出來。於是心想，大概是躺著的關係，不如站著尿看看。但又不想吵醒辛苦一天、累到睡著的老媽，所以打算忍著疼痛自己下床…

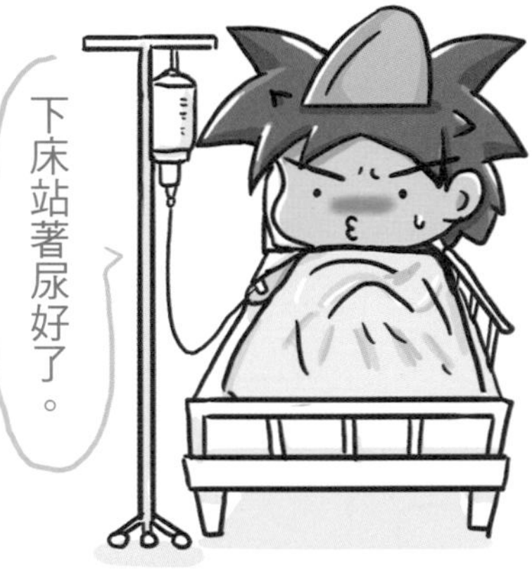
下床站著尿好了。

忍著剛開完刀傷口的疼痛，花了快10分鐘才慢慢掙扎起身，為了尿尿，這輩子沒那麼拚命過…

雖然感覺剛開刀的傷口腸子好像要流出來了，最終還是皇天不負想尿人，忍耐成功的站到病床下了…

我差點以為我會死掉！

在晚上熄燈的病房裡，面向牆壁、對著尿壺尿尿。
但是因為沒有尿意、尿不出來，站了1個小時的我，
心中有股淡淡的哀傷…

再說明一次這動作不是DIY不要想歪
哦哦！我感覺
有幾滴尿要出來了！
就在難得出現
尿意的瞬間
黃金水先生！
回來！不要縮回
去啊！
殺千刀的護士
又來打斷了最佳
時機…
是尿出來了沒？
嚇到

妳以為我很輕鬆啊？
還來給我壓力！
嗯…好的，我知道了。
還在努力中嗎？
那我待會再來，
請務必今晚交出尿來！

已經走投無路的我，又得繼續「面壁」！在我努力了1小時，及心中充滿了對護士的恨意的情況之下，終於擠出幾滴尿進尿壺裡。當我正在思考，這不到半瓶養樂多的尿，到底夠不夠讓護士交差的時候…

我突然覺得自己的腳濕濕的。該不會尿滴出尿壺、滴到我的腳了吧？！於是，我緊張的往下看…

這才驚覺，原來吊點滴的手，針頭在我亂動之下，因為移位開始一路滴血！而且已經滴了一灘血在地上…

血流不止啊！

血一直狂滴不止，我已經慌了，想要叫醒老媽幫我找護士來，手忙腳亂之下，千辛萬苦努力累積的尿又灑了一半出去…

阿母，救郎哦！
挖母喂！
灑

最後我媽被我驚醒，護士聽到呼救也跑來看我。只看到把病房踩得到處都是血的地面（還有一點點尿）的慘狀…想哭加上羞愧的我，為了尿付出的代價實在是太大了！那時好想問老天，我流出的血可以和尿交換嗎？

嗨！

住院時栗子頭和小承來看我
你們來看我啦！
開完刀怎樣？
……
你不要一直看病房外的護士啦！好朋友住院，說點話…
誰來把他趕出去！！
住院真好！護士可以看到飽！

事實上我遇到護士的實況是這樣…

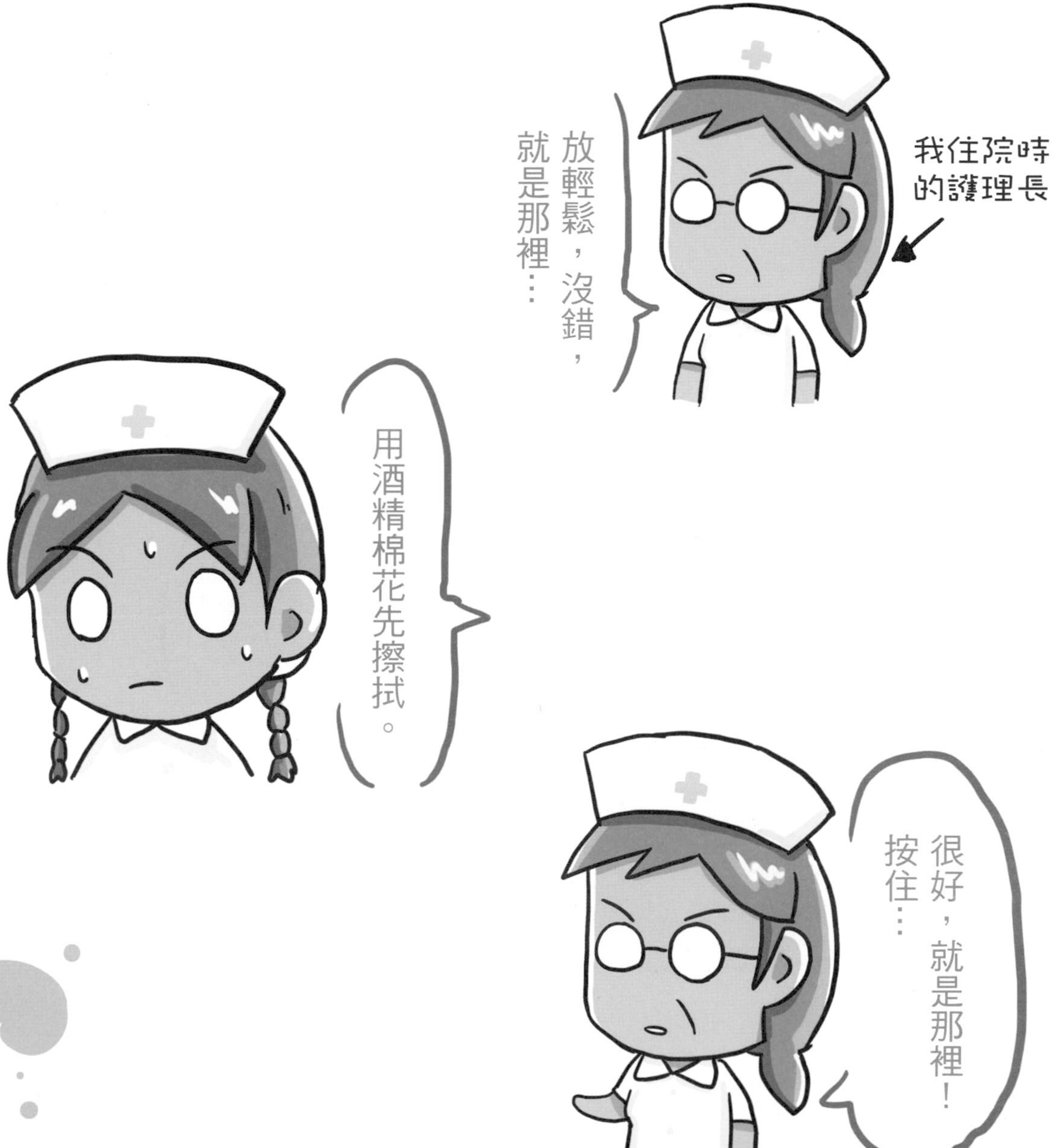
放輕鬆，沒錯，就是那裡…
我住院時的護理長
用酒精棉花先擦拭。
很好，就是那裡！按住…

緊張
緊張
緊張
緊張

實習護士學習團
其他在旁邊見習的護士
妳不要緊張，針一口氣扎下去。
還有，為什麼要在這麼多護士面前打屁股？
真正該被安慰不要緊張的，應該是我吧？！拜託一次扎成功啊！

離開醫院後的栗子頭…

老闆，我要這片！
內行哦！剛出的護士片，薄碼的哦！

海豚男碎碎唸

栗子頭只知道羨慕住院有護士可以看，殊不知我住院時，很怕護士來。每當護士出現，不是要幫傷口換藥，就是要扎針。半夜睡覺時也會來換藥，傷口痛一下、全天候護士出現時，都會搞得我很緊張才是真的！

說到實習護士團，那天的情形是：手上點滴和針孔那時已經打很多了，還有止痛麻醉肌肉針得打屁股。變成實驗教學活生生的教材，感覺真是緊張和屈辱感交錯啊！=///=不過還是很感謝護士們的照顧。護士們辛苦了…

幾天前我阿母怒氣沖沖的進來我房間裡面…

怎麼啦？

氣死人了！你還記得你送我那隻凱蒂貓造型的筆嗎？
哦！那隻筆啊，記得啊！

那次我送給阿母妳的很可愛的造型筆嘛！筆上面頭還會搖

你阿爸拿他來寫字……
這筆上面怎麼這麼煩啊？！
搖來搖去，難寫死了！
他就擅自把頭給折斷了
這樣好寫多了！
斷頭
太過份了！
你說是不是！
所以妳就和
老爸吵架啦？

海豚男很容易被感動而哭

可魯～
好可憐啊！

連看過的影片，重看好幾遍
還是會哭得一塌糊塗

還我一公升的眼淚啊！

看電視時

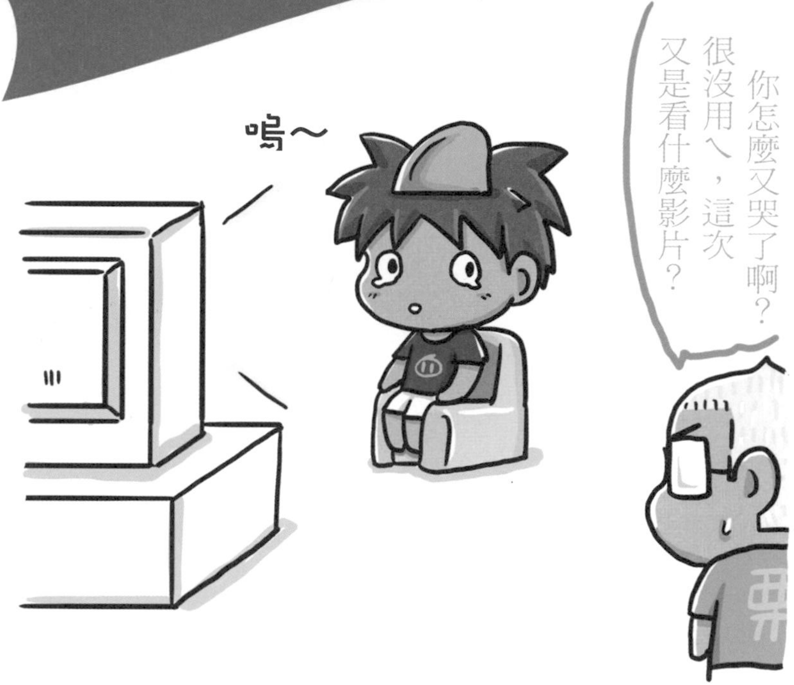
你怎麼又哭了啊？很沒用ㄟ，這次又是看什麼影片？
嗚～

海豚男碎碎唸

想想自己的淚腺還真是發達啊！不管是日劇，還是卡通、漫畫，常被劇情感動到淚流滿面。

看棒球時太感動（逆轉勝）也會。眼淚真是不容易控制呢！

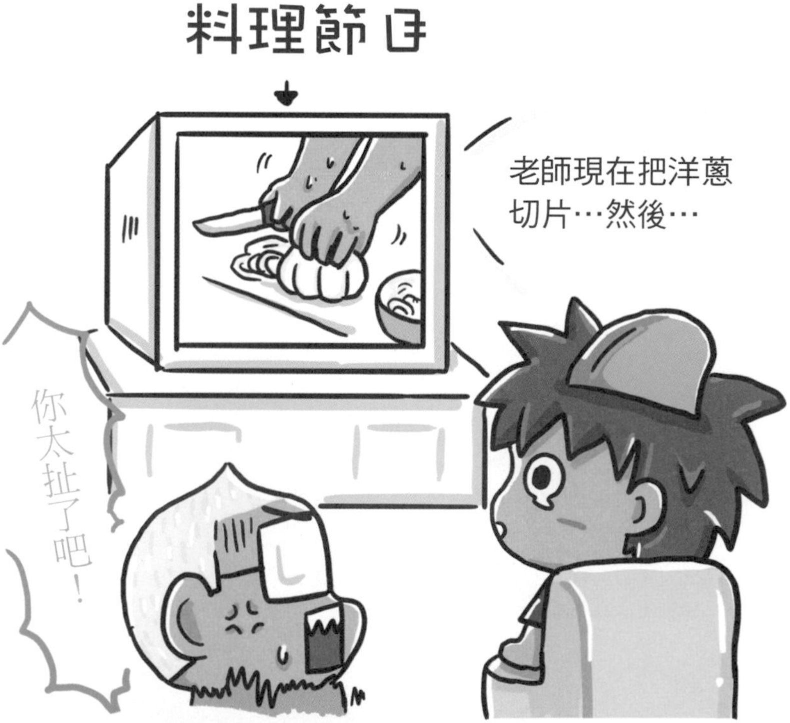
料理節目
老師現在把洋蔥切片…然後…
你太扯了吧！

麻辣老師海豚弟

以前和老弟看日劇——麻辣教師GTO時…
鬼塚真帥啊！
正在師大就讀的老弟說
我以後要成為像鬼塚那樣的麻辣老師！
真容易受影響ㄟ！那看霹靂火，會立志成為劉文聰嗎？
你不覺得現實裡，像鬼塚那樣的老師很帥嗎？
鬼塚海豚弟
隨便你怎麼想啦！

當然要麻辣就要和學生打成一片啊！比如我的教法是陪學生看A片、教導正確的性觀念，還是上網和他們聊明星八卦、要麻辣的怎樣…巴啦巴啦…
拜託不要這樣教啊…老哥不想和你一起上社會版，感覺像在性騷擾的變態老師…

現在老弟真的變成老師了某天，我在畫老弟趣事的某篇文章，發現老弟的學生秘密留言…

哦哦！我弟的學生ㄟ，留了什麼啊？

• • • • • • • • • • • • • • • • • •

哈囉！我是你弟的學生啦..

他在學校也是很白痴　例如 拿著棒球棍唱歌

..還是在操場 有點丟臉　<不是有點是 非常>

不過他對學生很好 所以一好遮三醜..

真佩服妳把你弟話的那麼像 xD

他真的很娘 還常常裝 阿吉仔 一堆爆笑的動作

有這種的弟弟 真辛苦..

老弟！你只有變態的地方，像鬼塚英吉啊！！！
像我一樣嗎？

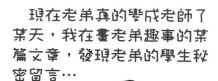

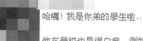

相信朋友

某次慌慌張張趕去聚會

不好意思，讓你久等了！
不會啦！才晚三分鐘還好。
他家常便飯啦！
不過栗子頭這傢伙又遲到，不知道這次要多久才會到？
我打手機給他，催他快點好了。
你真辛苦啊！有這朋友…

袋子掏出
電視遙控器
TV AV 電源
SONY
還沒來啊？
我把手機和電視遙控器搞混帶出來了！
收回袋子
等一下！你剛從袋子裡拿什麼東西出來？
懷疑
我相信栗子頭已經在路上了！我們再等一下吧？
我相信朋友！

栗子頭當兵時，坐電聯車往返部隊
坐車時遇到老人
身為一個愛國軍人…本身我又剛好是一個街頭巷尾、鄰里街坊稱讚、每天日行一善的好青年！我應該讓座給前面這位老杯杯，做為現今社會青年的表率…
內心的獨白

老伯請…
起身
老先生，這位置給你坐。
呴呴～你人真好！
假裝沒事
坐回去
尷尬
失算！居然被搶先了…
果然時機是很重要的…
下次再遇到要把握！

下一站又上來兩個老人
唔…兩位老杯杯…這樣不管我讓座給哪位都會對另一位不公平，我只好忍痛保持中立，都不讓了。
這是很沉重的抉擇…老先生，請你們體諒。
下一站上來一位孕婦

孕婦更應該讓座，沒有比這更好的讓座時機，就這麼決定了…
等等…她看起來有點胖胖的，萬一，其實她只是肚子比較大，那我豈不是很失禮？又萬一，她生氣，大罵我…這一整個車廂的乘客都會注意我，那就丟臉了！
我先觀察看看她肚子的狀態，分析一下是不是宿便或是懷孕…
隔壁座位換坐了個正妹
呼～終於有位置坐了！
美女
離開

這位置是我先搶先贏的…
誰來跟我搶，我跟他拼了。

坐正妹旁邊好香啊～
還好我一直守住這個位置！

不料，下一站又上來一個穿低胸洋裝的辣妹

起碼有F罩杯啊！

身旁的怪叔叔一直偷瞄辣妹胸部
可惡…由上往下看，那裡是絕佳的站位啊！
這時候我應該站起來讓座給那位大叔，這樣我就可以站到她旁邊了。但是大叔不可能輕易讓出寶座，萬一他拒絕我，說他其實沒那麼老，那我該如何應對…
第二個劇本推演，如果我把位置讓給大奶辣妹，那麼，她坐在這位置，我可以站著往下看，但是，如果被她看穿我心有邪念的話，那我的形象就毀了…
大家都會有像我這樣的讓座煩惱吧？！
不！只有你會心機這麼重！

栗子頭有次來家裡玩

我肚子有點痛，
我去上一下廁所。
好，去吧！

五分鐘後，栗子頭從廁所出來

哈哈！這節目真好笑！
W C

突然跟我借了一把尺

豚男，這把尺
借我用一下哦！
嗯，好啊。
你要幹嘛？

然後又回到廁所裡

W.C
碰
W.C
挖靠！這條有15公分，破新紀錄啦！
碎
碰
W.C
碰
碰
混蛋！你拿我的尺去量什麼啦?!快給我出來！

那天看到栗子頭剛回家
你終於回家了，我在你家門口等好久囉！
你剛去哪裡啊？
我把故障的電腦送去電腦商場修理啦！
你不怕你電腦裡有像最近很火紅的「冠希事件」，私生活照片被維修人員發現嗎？

啊！你一說我才想起來，上禮拜拍的（那個）會被看到啊！～～～糟糕！
那個…難道你真的有私密照？
想太多！我沒有那麼淫亂好嗎？而且，我羨慕死了！啊…不對，我剛剛是說我痛恨死那種公子哥兒了！
也對！你頂多是硬碟裡的A片放太多！

栗子頭用尺量大便的紀錄照

為什麼硬碟裡有這種照片？
維修員

MAN

1

DOLPHIN

http://www.wretch.cc/blog/t

PLAY BOY
Goldman Sachs profit is a Wall Street record
Russia defiant on energy

外島當兵的特產

海豚男當兵下部隊抽籤時…
千萬不要中獎啊！
後面排隊詛咒的同梯們
讓他抽中！讓他抽中！
讓他抽中！讓他抽中！
百般不願意的中了金馬獎
爸媽我得獎了！我要感謝嗎？
金馬獎
坐船去金門
而且後來發現抽中的
還是金門的離島
沒有居民只有軍人的小島
可說是金馬獎中的金馬獎
我的籤運真的是超爛！

小島只有兩、三個學校操場大
生活用水靠雨水，電則是柴油發電
我住的地方在海邊的洞穴裡

因為住在山洞裡，
衛生情形不太好。某日早晨，
半睡半醒起來刷牙時…

漱了幾口，準備吐掉時
看到漱口杯裡…

發現我的杯子裡有一堆海蟑螂
海小強
早安！
噗
後遺症就是有時想起來會…
（特別是像珍珠奶茶
有一顆一顆的珍珠時）
你看飲料裡幹嘛？
呃！沒什麼…哈哈！

還記得那時午休，我裸著
上半身睡午覺總會被斥責…

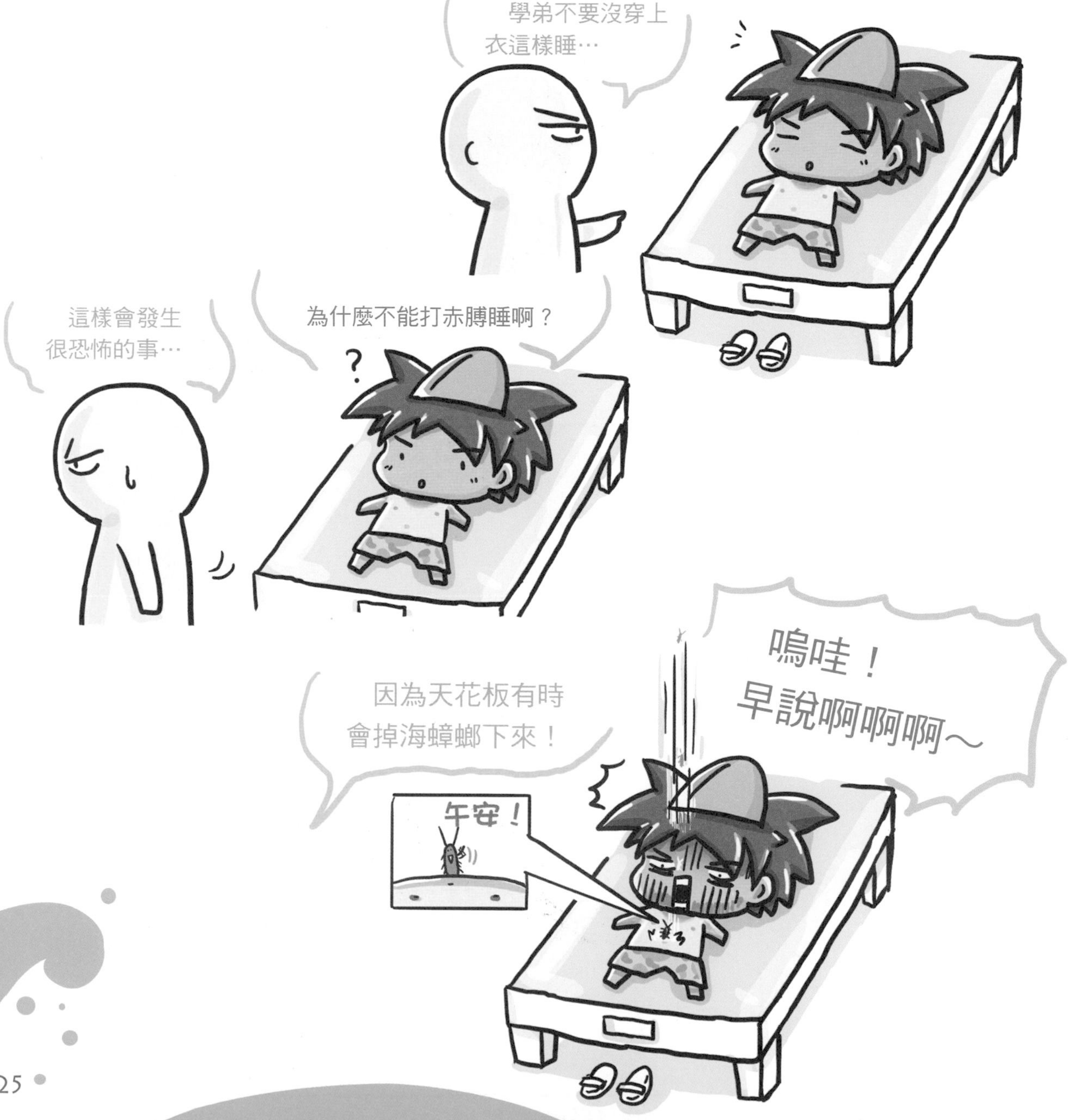
學弟不要沒穿上
衣這樣睡…
為什麼不能打赤膊睡啊？
這樣會發生
很恐怖的事…
因為天花板有時
會掉海蟑螂下來！
嗚哇！
早說啊啊啊～
午安！

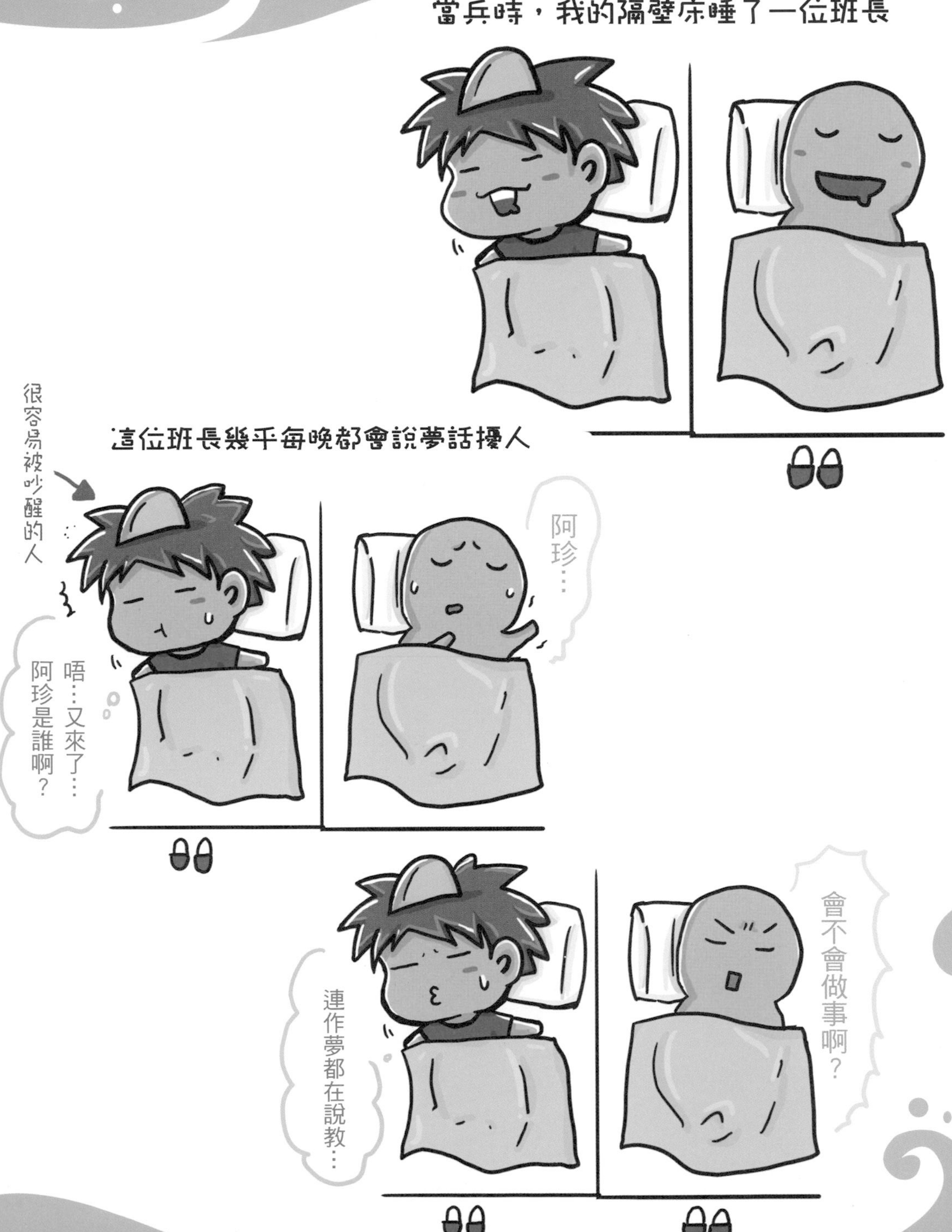
當兵時，我的隔壁床睡了一位班長
這位班長幾乎每晚都會說夢話擾人
很容易被吵醒的人
阿珍…
唔…又來了…
阿珍是誰啊？
會不會做事啊？
連作夢都在說教…

其實內褲是我偷的啦！
呼嚕！
夢到什麼啊？
犯罪嗎？
…不要從後面來…嗯哼…
我要換床位！
變態啊…

千萬別讓海豚男去打水

海豚男當兵時的小島，沒有自來水
日常生活仰賴地下水、雨水和井水，
這篇是第一次學習提井水時的故事…

把水桶綁上繩子後，裡頭加上鐵條，讓水桶可以在井裡傾斜進水。
嗯，有技巧呢！
好的！看我德州式牛仔丟法！
然後把水桶丟進井裡，普通丟法就好了啦！耍啥帥?!
噗通！
啊！繩子也全部丟進去了…
繩子要抓好啊！！

為了把水桶撿上來，同梯的弟兄居然像表演特技一樣（像忍者攀爬兩面牆那招），爬到井裡去把水桶撿回來。

好厲害啊！
學長有練過！
真是的，還要我下來撿！
井大約兩層樓深

你比貞子還厲害呢！
可以去演七夜怪談了。
吵死啦！
還不都是你害的！
拍手

事後瞭解會這招爬井，其實，是他以前也幹過這蠢事的關係

重頭再來，看我的
伸卡式丟法！
累死我了！

但水桶掉下去的悲劇又…
噗通
綁水桶的繩結鬆開了
你可以再表演一次嗎？
貞子爬井術…
自己下去撿！
後來，某天學長沒空陪我去
我自己去取井水，結果繩子沒綁好
水桶又掉到井裡去…
完蛋了！我又不會
學長爬井那招…

這時，發現井旁草叢裡藏著隔壁連隊的取水水桶，應該是懶得帶回去才藏在那邊的…

啊！那是…？

心想，借用一下，
把我掉到井裡的水桶
勾起來就放回去…

上吧！把我的水桶救起來吧！
看我的最後一擲投法！！

结局

啊！井裡怎麼有兩個水桶掉在裡面？！是哪個人惡作劇啊！
隔壁連隊的人
兇手
落跑

記得退伍後第一次教育召集上課
上到CPR（口對口人工呼吸）課程時…

是急救訓練，模型安妮ㄟ！
要正確的按壓

剛剛示範完了，誰要自願上來操作一次啊？假設現在是安妮發生緊急狀況…
雖然是假人，但是口對口，還是令人不好意思啊！沒人想出去吧…

不知道是哪個傢伙推了我一把

被推出去時
因為差點跌倒
意外使出…

垂直落下迴旋肘擊爆裂！
海豚男使用必殺技…
安妮受到傷害，肋骨斷了三根…
安妮受到致命的一擊！！！HP歸零
安妮受到致命的一擊！！！HP歸零

現場一片安靜

我不是故意的…
……

海豚男碎碎唸

當時真的好丟臉啊！>//////<不過這種課程還是要學起來啊！急救術可是很有用的。

關於急救訓練用的人偶模型都叫做安妮，事實上是有典故的…
根據網路上查到的資料：瑞典有一位外科醫師，
他的女兒因為到海邊戲水不幸溺斃。痛失愛女後，
這位醫師非常傷心、難過，因為在溺水的現場，
並沒有人會施救技術，否則，他唯一的女兒不會因此而失去生命。
於是，他下定決心，發明這項偉大的救人技術。
為了要紀念這個偉大的技術，因此，就以這位醫師女兒的名字，
做為心外按摩練習模型的名字，將它命名為「安妮」以茲紀念。
希望大家不要忽視CPR的重要性！
知道這故事後，我對被我重擊的安妮似乎更不好意思了。（笑）

小花的荒島命運…

當兵時，我們哨所養了一隻大家很喜歡的狗叫小花，小花很機警有時長官或是查哨部隊來巡前，就會提早吠叫，通告大家要站好，避免出包！

但是後來島上來了一個很討厭狗的指揮官，他覺得島上的狗太多、繁殖過盛。於是下了軍令，要對島上的狗做控管，也就是下令要殺狗…

連上發了老鼠藥，要我們給小花吃。
開什麼玩笑?!要我們毒死小花！有沒有搞錯?!

其他連隊還有人把狗丟入海裡的殘忍手法

但是我們和小花朝夕相處，早就有感情哪可能下得了手？所以大家都違抗軍令不忍下手，有一天我回哨所，聽到…

你怎麼真的做了?!不是大家都下不了手嗎？小花現在怎麼樣了？
你聽我說，我剛把老鼠藥加到小花的飯裡了…

呼！嚇死我了！
不要緊張！我放了之後也很後悔，幸虧小花很聰明，居然再餓都不吃半口，所以沒事啦！

但不能一直抗命下去，這樣大家會被送軍紀處罰，所以大家決定把小花藏在哨所後面，很隱密的草叢裡偷養，避風頭…

小花，委屈你了！但這是為了保護你，不得已的手段…

很快的，指揮官到處巡視哪所有沒有執行命令，終於輪到我們這邊了

指揮官好！

混帳！為什麼
沒有處理狗？！
呃！報告，
我們有處理啊！
穿幫了？

原來是小花掙脫鍊子，偷跑出來了！

小花！
我不懂您在說什…
你當我瞎啦？
你後面那是啥？

指揮官再給我們幾天時間執行，這次我們還是把小花藏起來免得牠又跑出來，還用鐵鍊拴住牠，避免再度曝光！

這是為了保命啊！你要忍耐！

指揮官又來巡視時，沒等我們開口馬上就發飆痛罵…

!
為什麼抗命?!

原來小花再次掙脫鐵鍊，偷跑出來了

汪！汪！
小花！
指揮官，我們有確實執…
臭狗！

這次我們逼不得已，把小花關在狗屋裡，還用好幾片木板釘起來，只留食物和通風孔，為了度過緊急檢查時期，這是不得已的辦法了…

對不起！我實在沒辦法阻止你脫逃，
撐過檢查時間就好了！

第三次檢查終於到來

遠遠就看到指揮官了…
大家小心應對…

這次準備萬全，只要撐過去，
指揮官就暫時不會再來檢查了！
沒錯！大家準備好了。

沒想到…我們太低估小花了！

你會逃脫魔術啊？! 太神了吧！
小花，你是怎麼逃出來的？！
見鬼了！密室逃脫狗！
汪！

就在我們來不及處理小花，心想完蛋了時意外的，我們連長帶他偷養的小狗出來散步被指揮官在走到我們哨所之前抓到訓斥了很長一段時間，讓我們逃過一劫…

為啥有狗？！
呼！連長，這次讓你當代罪羔羊啦！

不久之後我就退伍了，不曉得小花後來有沒有逃過指揮官的魔爪？把這段我心裡一直掛念的事畫出來，只是希望大家也能珍惜小狗的生命…

我要退伍囉！你也要健康的撐到這位指揮官調職哦！加油！
汪！

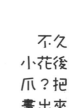

帶你進入海豚男的恐怖世界
你想嚇死還是笑死？

海豚男恐怖故事大公開

海豚男搞什麼鬼！

牆壁那頭的聲音

鬼月到了！所以我決定趁這機會把我當兵時遇到的不可思議的事件，分享給大家
大家好！我是玄學分析大師...
体驗者
玄學大師
有看過以前我漫畫的都知道，我是在金門的小離島上當兵
小島的傳說一直以來非常的多，以後慢慢分享我的經歷...
先說某次半夜站完夜哨衛兵的真實體驗...
火...？
雖然下完衛兵後是可以回寢室去睡覺了
但是半夜四點，肚子實在餓的睡不著
就拿起泡麵往有熱水器的同梯弟兄房間
裡去，準備泡麵...

因為我的單位是住在山洞裡面，睡的地方很小，而熱水瓶就放在這密閉的小房間裡，大家下完哨半夜泡麵的時要小心別吵醒在這裡睡的這位弟兄....

但就在泡麵等三分鐘的時候，我聽到了半夜房間裡出現了不該有的腳步聲，很明顯不是由寢室外走進的腳步聲音而且越來越近，但這房間只有我和睡著的弟兄兩人，此時一陣雞皮疙瘩起來

在感覺腳步聲音走到最近的時候，腳步聲突然停了，但卻改從睡著弟兄床邊的牆裡發出了像敲門般的聲音..扣！扣！的響聲，且越來越急促，這時睡的弟兄也被驚醒了

我們有默契的，點頭，聽著聲音的來源
心想山洞裡的房間牆壁究竟怎麼會在半夜
發出這聲音，兩人一陣毛...

依照我多年的靈學經驗，不會錯的！
那牆壁裡有埋著早期戰爭時的軍人弟兄屍骨....

KO!
KO!

忽然！我們倆被眼前的景象嚇了一跳，
床旁的石壁，就像一扇門一樣突然
的打開了，出現了三個黑影和一道強光！

三位穿軍服的人，注視著我們....

忽然站中間的老人開口說：這是哪裡？
我們認真看，才看出是軍隊裡的營長和連長
排長在夜巡坑道，原來山洞裡有祕密通道，
是戰爭時挖的坑道，坑道整個小島到處亂通，
營長們也不知道自己走到那個出口，半夜
迷路走到這房間！

我們也從來不知道
房間裡有秘密通道
所以真的半夜被嚇到...

電話線那頭...

公正廉明
再來一篇故事吧！
這次是在演九品芝麻官嗎？沒人在cosplay包龍星的啦...要扮也要扮常威比較有前途，鄉民都愛常威的..知不知道流行啊..

公正廉明
感謝各位網路上的大大們支持，這次我就講有關電話的故事....
大什麼大！......公堂之上可以這樣大來大去的嗎？

在我當兵時，有三種在站哨時最常遇到的通訊器材，先介紹第一種小島上常用的我們叫他羅蜜歐，這是這電話的型號名字也跟外面的一般電話最像....

只是這種電話在軍中比較昂貴，也就比較
擔心阿兵哥弄壞，所以都是站哨時才拿
進去崗哨裡，離哨時就把電話拔下來帶回去

這電話特別的地方在撥號鍵上面
有很多個數字和燈號，島上哪一個
崗哨把電話裝上去，對應的崗哨燈
就會亮起來，表示可以打過去通話
或是有人在講電話通報．．．

但島上很多人都碰到過
明明半夜沒人站的崗哨，
電話上對應的燈卻是
亮著的．．只是沒人敢試著
打過去也沒人想知道原因

所以半夜的無人崗哨燈號之謎
我們都寧可相信只是碰巧電話故障

第二種是總機常用的無線電，是種要調頻率，兩邊一樣才能收訊的，一般用來跟總機報狀況....

但有守過總機的，幾乎都曾調頻收到很詭異的聲音或是訊號，有時不知哪來的人聲，或是海的海浪聲，也許收到怪異的聲音只是巧合有時半夜聽到還是會毛骨茸然，但久了也就見怪不怪了！這也是總機常見的傳說...

第三種就是我的親身經歷了，在軍中常看到的
要用手搖才能打的軍用古老電話....
那次發生是在深夜裡，因為是去支援別的連
不太熟的崗哨，前一班衛兵跟我交接時說道.

如果待會四點有電話打來，
記住千萬不要接....
好?...

雖然很想問為什麼，但我怕問到的是
很可怕的事，於是疑問吞了回去，
看著崗哨裡的電話，真的半夜四點會響嗎？

雖然很不想聽到
但真的響了....
考慮了一下
萬一是重要的
長官打來的
那沒接就是
衛哨失職
所以我還是
鼓起了勇氣....

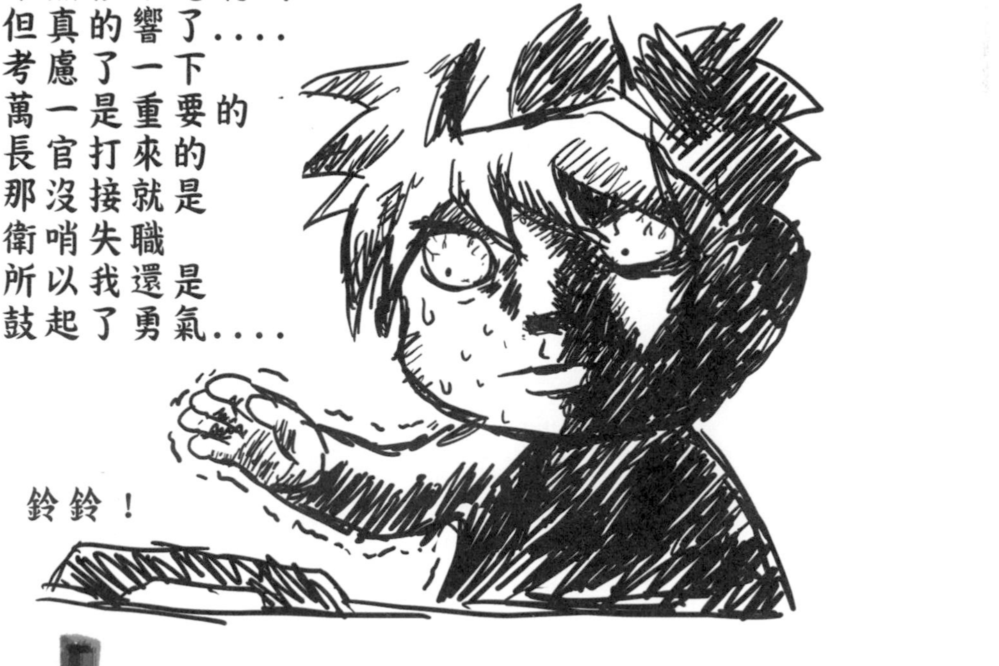
鈴鈴！

電話接下來的那一刻，我就像是心臟麻痺
一般！感覺整個意識差點被奪走，
一瞬間我只有一個想法！

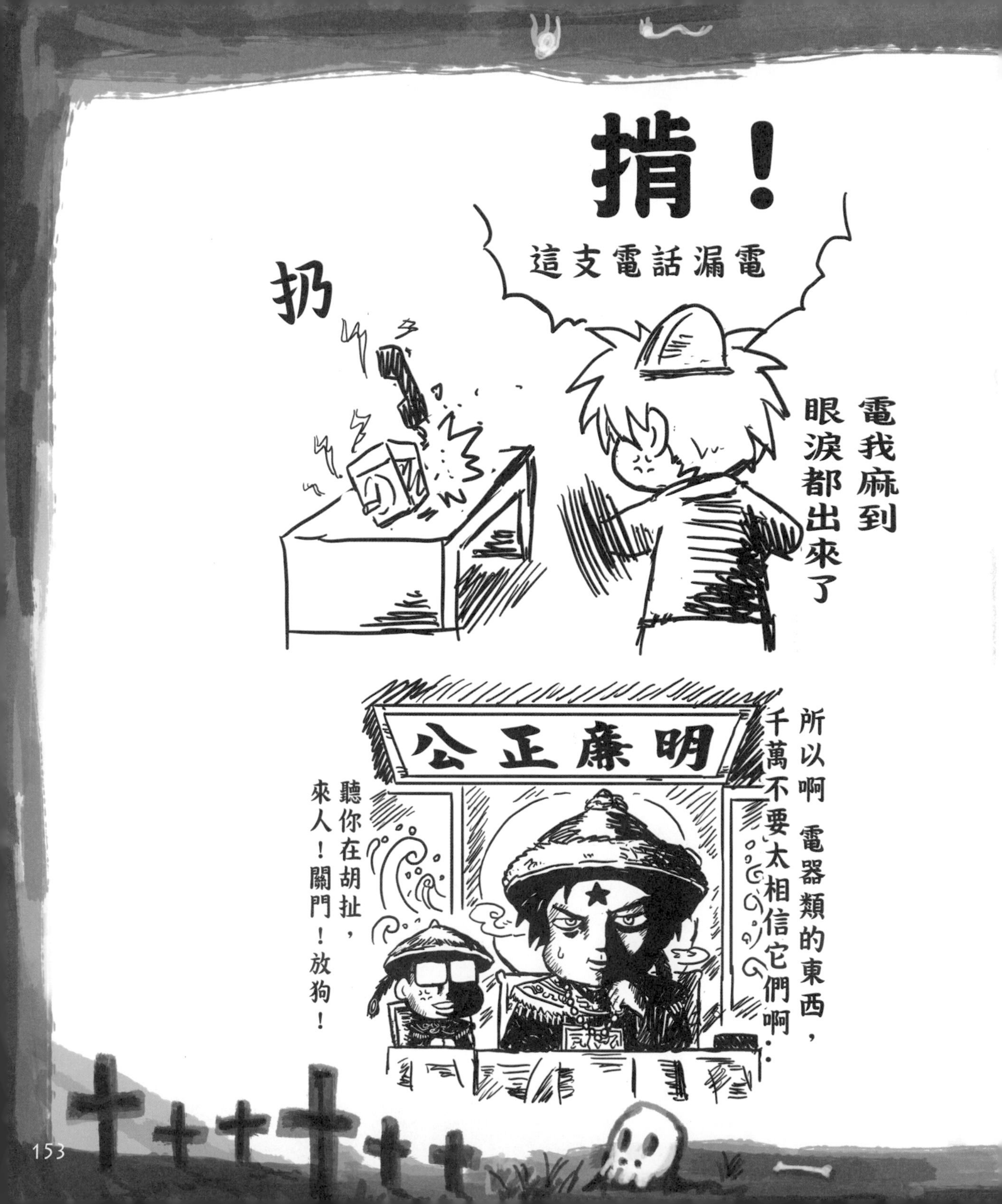
掯！
這支電話漏電
扔
電我麻到
眼淚都出來了
公正廉明
所以啊 電器類的東西，
千萬不要太相信它們啊⋯
聽你在胡扯，
來人！關門！放狗！

鍋爐室的事件

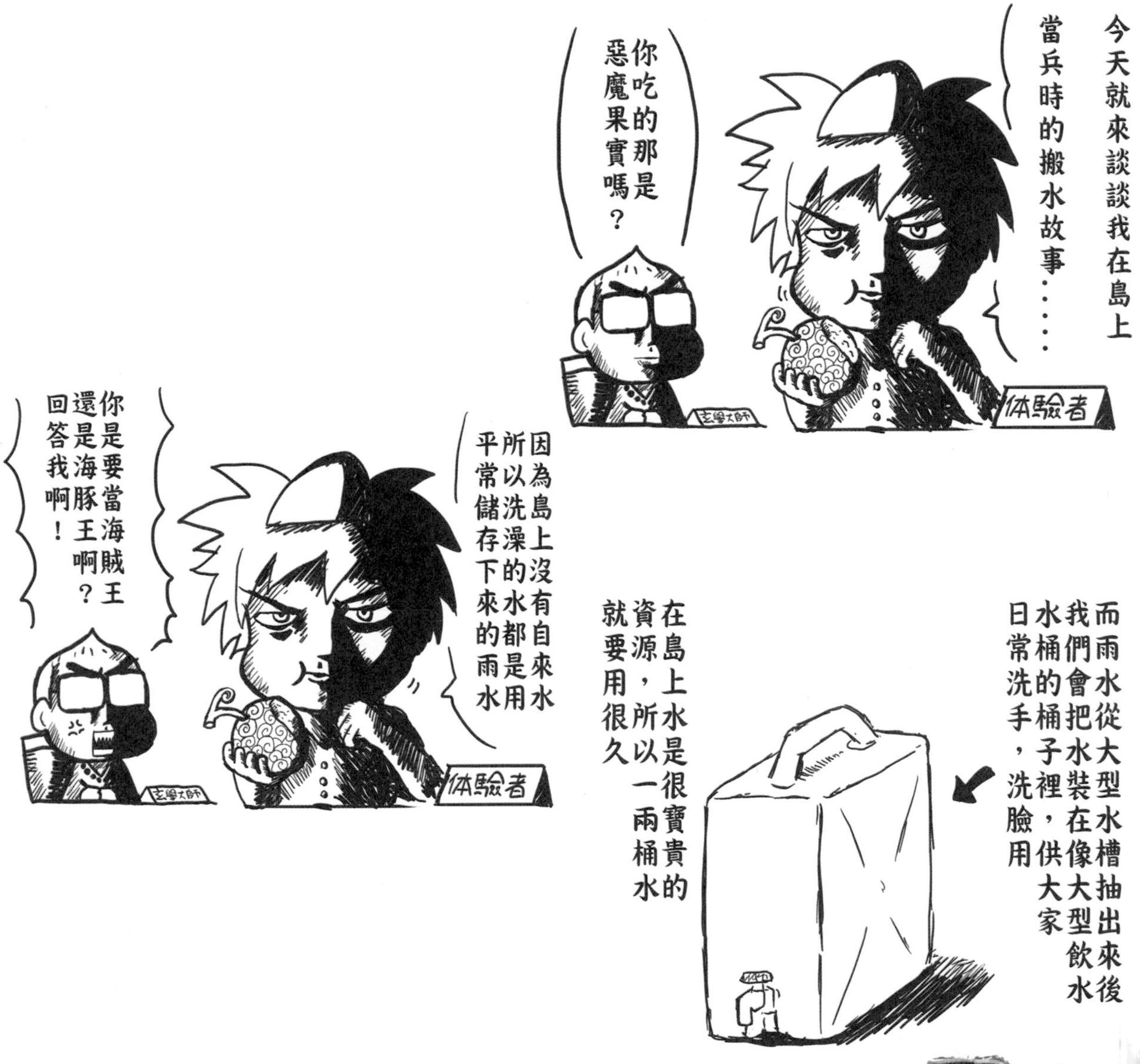
今天就來談談我在島上當兵時的搬水故事……
你吃的那是惡魔果實嗎？
体驗者
因為島上沒有自來水所以洗澡的水都是用平常儲存下來的雨水
你是要當海賊王還是海豚王啊？回答我啊！
体驗者
而雨水從大型水槽抽出來後我們會把水裝在像大型飲水水桶的桶子裡，供大家日常洗手，洗臉用
在島上水是很寶貴的資源，所以一兩桶水就要用很久

而洗澡時我們會把水桶放在高處，打開飲水
龍頭，就像蓮蓬頭一樣，來控制洗澡時的水量

到了冬天，島上的溫度通常會在十度以下，
洗冷水可不是每個人都受的了，於是連長會開放
幾天鍋爐燒熱水的服務，讓我們提著幾桶水
幫我們燒開，回去加點冷水還能有溫水可以洗
但我們得自己提著重重的水到鍋爐室前去排隊

因為大家都要搶熱水，所以在黃昏時還沒開始燒
熱水前，大家就就搶先把裝滿水的水桶，放到
鍋爐室外面排隊，然後等著吃完飯後，晚上再到
這邊領熱水回去...

但怪事發生了，不知為何排隊的水桶連續幾天被破壞，大家猜不到這樣惡作劇的理由，居然拿島上珍貴的水開玩笑，實在很可惡

被破壞的時間，就在大家都在餐廳晚飯，全連除了衛兵外不可能有其他人能在這時間搞破壞所以更讓大家猜疑起可怕的靈異聯想....

在連續幾週後，我們和學長決定查清楚，躲在鍋爐室裡透過窗外，來抓犯人，但我們很怕真如島上靈異傳說說的那樣，不是人幹的...

時間如我們猜測的一般，兇手似乎真的接近了
只是我們確信聽到的不是人發出的腳步聲

羊是島上養來，當島上面臨戰爭或是
緊急狀況時的緊急食物.....

但羊很瘋狂的舉動馬上讓我們笑不出來，
羊開始像發瘋似的把擺放的水桶，全部
撞爛，此時學長看到也跑了出去，想制止羊

學長一不注意，後面就被山羊從屁股
用羊角給很狠的（肛）了...

沒想到我當兵以來
撿肥皂小心那麼久
還是逃不過被肛的命運
被緊急食物給肛了啊...

後來調查羊應該是因為母羊懷孕，警戒心變強（鍋爐室又在附近）平常自由放牧的羊，可能覺得那些水桶很礙眼吧，跑來破壞，不過母山羊生完小羊後，也難產死了...島上那天把母山羊煮了做成羊肉爐

......
被肛的學長
似乎看著羊肉爐
若有所思

這故事就是(肛)山羊肉的由來...
屁啦！聽你在鬼扯！亂改岡山羊肉勒
体験者

海豚男搞什麼鬼！

颱風夜裡的訪客

碰巧今天颱風天，這次就來講我在島上，我印象最深的那次，剛好也是在颱風日子裡的不可思議事件.....
這單元連颱風都要講啊？什麼時候才恢復彩色連載啊
金瓶梅
体驗者

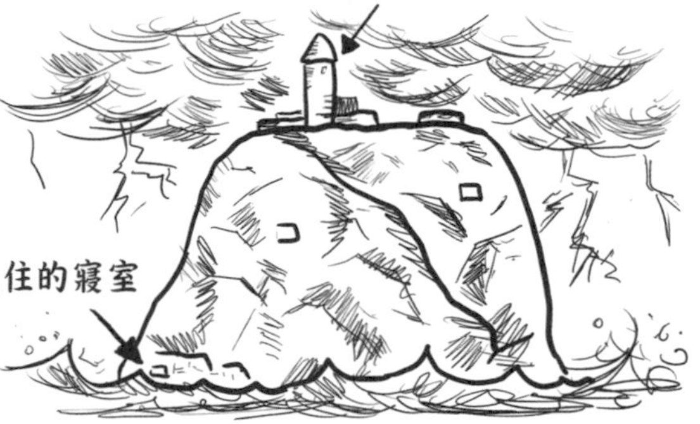

燈塔
我住的寢室

這是我第一個待的島發生的故事，那天剛好是強烈颱風來襲，我住的哨所的寢室，就在小島海岸邊的山洞裡，島最上面有座燈塔，因為島很小就只有一個連上的軍人駐所在這島上而已....

那天 天氣很糟，班長突然下了要撤哨（搬離寢室）的命令，但班長似乎還隱瞞了什麼...

什麼東西會回來啊？班長，你怪怪的
那些東西要回來了.....這樣的日子，沒錯一定會回來的..

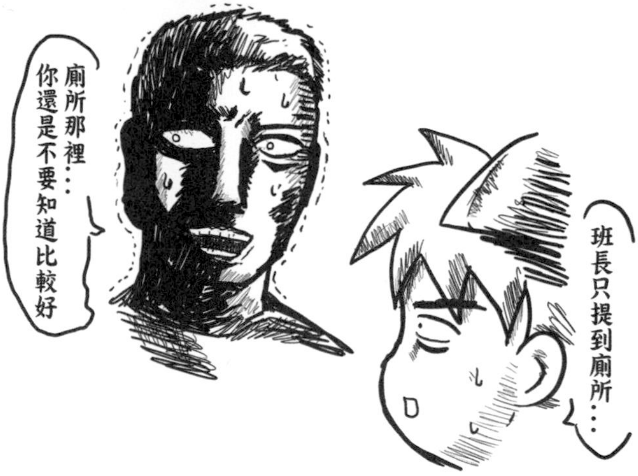
班長只提到廁所…
廁所那裡…你還是不要知道比較好

這麼一說，非常巧合的是前幾天我在廁所裡那片磁磚的牆壁上注意到了一個血掌印...雖然覺得毛毛的，只是後來也不敢問就忘了

血印

隨著風雨越來越大，因為島是在外海沒有沙岸看著風浪大到快兩樓那麼高，整個寢室山洞都有被海浪吞噬的危險，於是我們撤哨撤退到了島上最高的的燈塔裡...但我還是很介意班長說的事...

過了一天，颱風走了，我們回到了山洞裡，
整個地面都是海水，我開了燈 進到廁所裡...

看到了非常可怕的景象

因為島上很原始沒有地下水管系統，馬桶是直通到海邊的糞池，因為颱風來，海水倒灌，所以所有以前的大便精華都被颱風帶來的海水由馬桶的通道，給灌回來，滿到整間廁所都是黃金...

附帶一提 那時我是負責這間廁所打掃的菜鳥，揹！

真的回來了啊！班長……
因為過於噁心，所以用馬賽克處理
所以說颱風真的是非常恐怖啊
什麼？你說血掌印那麼臭誰還理他啊……
你給我解釋一下為什麼只有馬賽克的大便是彩色的，其他反而是黑白的你是故意的吧！
金瓶梅
体驗者
玄學大師

國家圖書館出版預行編目資料

海豚男ㄉ海海人生/海豚男作.
--初版--
臺北市:趨勢文化出版,2008.09
面;公分.--(海洋系宅男生活日誌;1)

ISBN 978-986-82606-6-5(平裝)

855　　97015504

趨勢文化
出版有限公司

海洋系宅男生活日誌　01
海豚男ㄉ海海人生!

作　　者— 海豚男
發 行 人— 馮淑婉
出版總監— selena
編　　輯— 周筱倩
出版協力— 海豚男・大王
出版發行— 趨勢文化出版有限公司
台北市光復南路280巷23號4樓
電話◎8771-6611
傳真◎2776-1115

美術協力— 阿奇
封面設計— 海豚男・李明遠工作室
內頁設計— 海豚男・阿奇
校　　稿— selena・周筱倩・楊's

初版一刷日期— 2008年9月1日
法律顧問— 永然聯合法律事務所

如有破損或裝禎錯誤，請寄回本社更換
讀者服務電話◎8771-6611#55
ISBN 978-986-82606-6-5
Printed in Taiwan
本書訂價◎新台幣 260元

CHESTNUT HEAD
CHESTNUT HEAD
CHESTNUT HEAD

chestnut
栗子頭 MAN